# 大亨小傳
# The Great Gatsby

費茲傑羅 F. Scott Fitzgerald 著
汪芃 譯

國家圖書館出版品預行編目資料

大亨小傳 / 費茲傑羅(F. Scott Fitzgerald)著 ; 汪芃
譯. -- 初版. -- 臺北市 : 遠流, 2012.07
面； 公分
譯自 : The Great Gatsby
ISBN 978-957-32-7013-3(精裝)
978-957-32-7014-0(平裝)

175.54　　101008127

# 大亨小傳

The Great Gatsby

---

作　　者 費茲傑羅 F. Scott Fitzgeraldl
譯　　者 汪芃
總 編 輯 汪若蘭
主　　編 陳希林
編　　輯 徐立妍
經典書封設計 黃子欽
電影書封設計 井十二設計研究室

---

發行人 王榮文
出版發行 遠流出版事業股份有限公司
地址 臺北市南昌路2段81號6樓
客服電話 02-2392-6899
傳真 02-2392-6658
郵撥 0189456-1
著作權顧問 蕭雄淋律師
法律顧問 董安丹律師

---

2012年9月1日 初版一刷
2013年8月12日 初版八刷
行政院新聞局局版台業字號第1295號
定價 精裝新台幣320元
平裝新台幣280元
電影書封版特價新台幣199元（如有缺頁或破損，請寄回更換）

ISBN 精裝 978-957-32-7013-3
平裝 978-957-32-7014-0

---

YLib 遠流博識網 http://www.ylib.com E-mail: ylib@ylib.com
The Great Gatsby
By F. Scott Fitzgerald
Published in Taiwan by Yuan-Liou Publishing Co., Ltd.


---

經典文學新譯計畫總序

# 聽見譯者的聲音

想像你今天走進一家書店或圖書館，來到世界文學的專櫃前面。很多作品你都聽過名字，別的書裡也許提過，也許小時候看過改編的青少年版本，也許還看過改編的電影電視版本。但不知為何就是沒有真的讀過全譯本。假設你拿起了其中的一本，但一看左右還有六、七種版本呢。那該選哪一本好呢？比較封面、印刷字體大小、推薦者、出版社的名聲、出版年代、還是譯者？

其實，其中影響最大的是譯者。你所讀的每一個中文字都是譯者決定的，每一個句子的節奏都是譯者安排的。每個句子都有不只一種譯法，是譯者決定了用哪種結構，在哪裡斷句，用哪一個詞彙，要不要用成語；也可以說決定了文學翻譯的風格。咦？你也許會問，那作者的風格呢？譯者不是應該盡可能忠實於原作的風格嗎？這就是文學翻譯有趣的地方，也是很多讀者不知道的祕密。

文學翻譯其實是一種表演。就像音樂演奏一樣：作曲家決定了音符和節奏；但聽眾聽到的是演奏家的演出。沒有演奏家會把巴哈彈得像蕭邦，但每一個巴哈的演奏家都有自己的風格，就像每一個蕭邦的演奏家也都不一樣。沒有演奏家，音樂等於不存在。沒有譯者，陌生語言的文學也等於不存在。作者決定了故事的內容，但把故事說出來的是譯者。譯者決定在哪裡連用快節奏的短句，在哪裡用悠長的句子減緩速度。哪裡用親切的口語，哪裡用咬文嚼字的正式語言。譯者的表演工具就是文字。

而且譯者是活生生的人。有自己的時空背景、觀點、好惡、語感。也就是說，兩個譯者不可能譯出一模一樣的譯文，就像每一個男高音唱出來的〈公主徹夜未眠〉都有差異。面對同樣的模特兒或靜物風景，每個畫家的畫也都不一樣。就翻譯來說，就算其中某個短句可能雷同，一整個段落也不可能每個句子都選擇一樣的形容詞、一樣的動詞、一樣的片語。五十年前的譯者，不可能和今天的譯者譯出一模一樣的段落；大陸的譯者，也不可能和台灣譯者風格雷同。

而所謂經典，就是不斷召喚新譯本的作品。村上春樹在討論翻譯時曾提出翻譯的「賞味期限」：他說翻譯作品有點像建築物，三十年屋齡的房子是該修一修了，五十年屋齡的房子也該重建了。因為語言不斷在變，時髦的語言會過時，新奇的語法會變成平常，新的語言不斷出現；所以對於重要的作品，每個時代都需要新的譯本。

但台灣歷經一段非常特別的歷史，以至於許多人對文學經典的翻譯有些誤解。很多讀者小時候看的經典文學翻譯，是不是翻譯腔很重？常有艱深而難以理解的句子？根本不知道譯者是誰？即使有名字，也不知道是男是女，年紀多大？有些作品掛了眾多名人推薦，但書封、書背、版權頁到處都找不到譯者的名字？甚至於書上有推薦者的生平簡介，卻毫無譯者簡介，彷彿誰譯的不重要，誰推薦的比較重要。為什麼會有這些怪象？

這是因為從戰後至今，台灣的文學翻譯市場始終非常依賴大陸譯本，依賴情形可能遠超過大多數人的想像。台灣在戰前半世紀是日本殖民地，普遍接受日本教育，官方語言是日文；漢人移民以閩粵原籍為主，日常語言是台語和客語，影響現代中文甚鉅的五四運動發生在日治時期，台灣並沒有親歷五四運動，中文私塾教的還是文言文。也就是說，戰後大陸接收台灣時，台灣人民在語言上面臨極大的困難。中華民國國語根據的是北方官話，對台灣居民來說已經是全新的語言了；五四運動後提倡我手寫我口，不會說就不會寫，因此台灣人的白話文也寫不好。至於翻譯，民初還有文言白話之爭，一九三〇年代以後白話文翻譯已成主流，對於國語還講不好，白話文還寫不好的台灣人來說，要立刻用白話文翻譯實在不太容易。因此除了少數隨政府遷台的譯者之外，依賴大陸譯本是順理成章的事情，如果不是受到政治因素干擾，本來也沒有太大問題。我們也沒聽說過美國讀者會拒絕英國譯者的作品。

問題出在戒嚴法。一九四五到一九四九年間，已有好幾家上海出版社來台開設分店，把大陸譯本帶進台灣。但一九四九年開始戒嚴，明文規定「共匪及已附匪作家著作及翻譯一律查禁」，由於隨政府遷台的譯者人數不多，絕大部分的譯者遂皆在查禁之列。這些查禁若嚴格執行，台灣就會陷於無書可出的窘境，因此從一九五〇年代開始，一些出版社開始隱匿譯者姓名出版。啟明書局每一本譯作皆署名「啟明編譯所」翻譯，新興書局則會取一些「卓儒」、「顧隱」等假譯者名，大概是取「著名學者」和「因故隱之」之意。一九五九年內政部放寬規定，將查禁辦法改為「附匪及陷匪份子三十七年以前出版之作品與翻譯，經過審查內容無問題且有參考價值者可將作者姓名略去或重行改裝出版」，等於承認上述手段合法，因此後來各家出版社紛紛跟進，「林維堂」、「胡鳴天」、「紀德鈞」等假譯者皆有甚多「譯作」，最多產的譯者則要算「鍾斯」和「鍾文」了，可以從希臘荷馬史詩、阿拉伯文的天方夜譚，中古的神曲，翻到法文的大小仲馬、英文的簡愛，甚至連海明威和勞倫斯都可以翻譯，真是無所不能。書目中登記在「鍾斯」名下的經典文學超過二十部，相當驚人，而且這兩個名字還可以互換，有些版本是「鍾斯」的，再版時卻改署「鍾文」，更添混亂。

因此，在「本地翻譯人才不足」及「戒嚴」這兩大因素之下，台灣的經典文學翻譯簡直成了一筆糊塗帳。解嚴前的英美十九世紀前小說，大概有三分之二是大陸譯本，法文、俄文的比例可能更高。而且因為這個不能說的祕密，譯者完全被消音了。最具譯者個人色彩的譯者序跋常常會留下破綻，例如一九六九年出版的《西線無戰事》，譯者序居然出現「譯者做這篇序的時候，華北正在被人侵略」字樣，匪夷所思（其實這篇譯序是錢公俠一九三六年在上海寫的，一點也不奇怪）；或是書名明明是《金銀島》，序卻寫「這本《寶島》……」（因為抄的是顧鈞正的《寶島》，編輯忘了改序）。因此後來比較聰明的出版社多半拿掉原譯序，以免露出破綻；有些還會用介紹作者作品的文字作為「代譯序」，或放些作者照片，希望讀者完全忘記譯者的存在。在這種做法之下，譯者不但名字遭到竄改，連個人翻譯的心聲看法也一併被消音了。

戒嚴期間依賴大陸譯本的情形，還不限於一九四九年以前的舊譯。事實上，一九五〇年代的大陸譯本仍源源不絕地繼續流入台灣市場（可能是透過香港），當然也是易名出版。到一九五八年以後，因為大陸動亂，譯本來源中斷了二十年，下一波引進的大陸譯本是文革後作品，一九八〇年代的「遠景」、「志文」都有不少文革後新譯本，但彼時台灣仍在戒嚴期間，所以也還是以假名出版。一九八七年解嚴之後，才逐漸有出版社引進有署名的大陸新譯本。這個時期雖然有些版權頁會註明譯者是誰，但出版社似乎仍不希望讀者知道這是對岸作品，也不強調譯者，多半請本地學者及作家寫導讀和推薦文章，譯者的聲音還是極其微弱；甚至有些譯作，列了一大堆推薦序，就是不知道譯者是誰。加上原來的假譯本也沒有立即消失，仍繼續印行十餘年，今天還可以買到，更別說各圖書館書目及藏書也都沒有更正，研究者仍繼續引用錯誤的資料，譯者的聲音仍然沒有被聽見。

因此，今天這套書的意義，不只是「又一批經典新譯」而已。我們還希望讀者可以聽見譯者的聲音。每一個譯者都會以表演者的身分，寫下譯序。他們也是讀者，有自己的閱讀經驗，有自己的偏好；他們知道自己的翻譯不是第一個，可能也不會是最後一個，但他們的譯作是在今天的台灣出現的，有今日台灣的語言特色，不同於其他時候和別的地點。過去匿名發行舊譯的年代，不少譯作是一九四〇年代的作品，除了有語言過時的問題之外，翻譯策略偏向直譯，也是一大問題。比較起來，一九二〇年代的作品雖然較早，其實比較易讀。以前課本收錄的幾篇翻譯作品，如胡適譯的《最後一課》和夏丏尊譯的《愛的教育》，就都是一九二〇年代作品。但由於戒嚴期間盲目改名出書的結果，台灣經典翻譯以一九四〇年代的直譯為最多，造成文學作品就是翻譯腔很重、很難讀的普遍印象。我們希望透過這一批的新譯，一方面是讓譯者發聲，有清楚的「生產履歷」，讓讀者意識到你所讀的是譯者和作者合作的成果；一方面也希望除去「文學作品都很難讀」的印象，讓讀者可以體會閱讀經典的樂趣。

閱讀世界經典文學是人文素養的一部分，但一種外語能力好到可以讀原文的文學名作談何容易，遑論三、四種以上的外語。英國的企鵝文庫、日本的岩波文庫、新潮文庫等皆透過譯本，為其國人引進豐富的世界文學資產。英美作家常引用各國文學作品；村上春樹、大江健三郎這些著名作家，也常常在散文中提起世界文學的日譯本。但台灣的文學翻譯有種種不利因素，首先是前述的譯本過時、譯者消音現象；再來是英文獨大，很多人看不起中文譯本，覺得要讀就讀原文（即使是英文譯本也強過中文譯本）；再來就是升學考試壓力，讓最該讀世界文學的學生往往就錯過了美好的文學作品，未來也未必有機會再讀，極為可惜。我們希望藉著這套譯本，為翻譯發聲，讓大家理直氣壯地讀中文譯本；也讓台灣的學生及各年齡層的讀者，有機會以符合我們時代需求的中文，好好閱讀世界文學的全譯本，種下美好的種子。

賴慈芸
國立台灣師範大學翻譯學研究所所長

譯者序

# 還原大亨本色

經典新譯需要一些好理由。

《大亨小傳》的地位自一九四〇年代便水漲船高，到了一九九八年，美國藍燈書屋已將此書列為二十世紀百大英文小說第二位，僅次於喬伊斯的長篇鉅作《尤利西斯》。而從一九五四年至今，《大亨小傳》在台灣已出版超過十七種中譯本，其中不乏插圖本、中英雙語對照本或輕薄短小的口袋書等各種版本，風貌形形色色。儘管這部作品貴為經典，然而既想重譯經典，應該懷抱某種「不得不重譯」的理由，否則缺乏中譯的外國作品仍多，弱水三千，為何執著於這一瓢前人斟過飲過的？

身為一個新譯者，我提出的理由是：想呈現一個不採用透明譯法的全新譯本。

所謂「透明譯法」指的是流暢的譯法，亦即使用平鋪直敘句型、當代修辭，並避免指涉複雜的多義詞語。套用美國翻譯理論家韋努蒂的說法，譯者使用透明譯法便遁入無形，隱而不現，宛若以自己的語言重寫了原文，抹除原作的語言和文化差異，緊縮了讀者自由詮釋的空間，這種所謂的通順譯本製造一種「清晰透明」的假象，令讀者察覺不到翻譯的中介，以為自己心領神會的，是真真切切的作者之聲。

我所希望的，則是卸下這樣「隱形的譯者」所加諸自己身上的權力。

本書作者費茲傑羅曾稱自己不過是一名文字匠，寫作時往往字斟句酌，和天生富有文氣的文豪海明威是天差地別；撇除此言的自謙成分不談，可以想見作者精雕細琢的寫作風格。論文類，《大亨小傳》一書雖為小說體，裡頭富含人物對話、歌詞、書信、名單等各式文類；論主題，本書觸及許多二元對立的議題：男與女、夢想與現實、道德與不道德、貧與富，甚至是舊有貴族與新富階級；論角色，本作品描摹了不同性別、社會階層、種族的人物姿態及口吻。為了以區區四萬多字的中篇小說篇幅將各個層面照顧妥貼，費茲傑羅巧用各種譬喻、象徵、形象詞等印象主義元素，只消幾抹顏色、幾個意象、幾副姿態、幾種說話的腔調就能描繪出豐盈的畫面色澤，讓讀者煥發想像，填補空白。在原作中，「意象」的角色如此吃重，我因此不願在翻譯中割捨。

這樣的翻譯策略與現存的中譯本並不相同。例如檢視目前坊間最為流通且評價最高的喬志高譯本，便能看見大相逕庭的譯法；喬志高先生（本名高克毅）極能巧用中文資源，以珠圓玉潤、富有古味的道地中文譯出這部經典。對於這樣的翻譯手法，高氏自己也曾直言不諱：

> 我認為中國文字、語言有那麼悠久的歷史，那麼豐富的文學文化遺產，我們絕不能輕易放棄。在字詞方面（尤其科技方面）儘管應該輸入新東西，但文法、語法跟修辭許多固有的好處，卻不能受西方影響，弄得自己的文字失去本來的面目。

這番見解不僅體現在高氏譯文中，後起的許多新譯本似乎也從善如流，撇除少數幾個劣譯不論，現有的十幾種譯本大多採取歸依中文的譯法，多半行文流暢，沿用中文既有的修辭、成語，並以中文常見的譬喻及象徵取代原作中的特殊意象。

舉形象詞的刪增為例。在現有的譯本中，書中的「這晚的月亮比平常升得早」（the premature moon）成了「天空中突然出現銀盤也似的月亮」；「銀胡椒粉似的星辰」（the silver pepper of the stars）成了「滿天銀色的箕斗」；而「一如湛藍糖蜜般的地中海」（like the blue honey of the Mediterranean）成了「蔚藍而甜蜜，像地中海的水」。選擇賦予月亮「銀盤」的具體形象、選擇刪去銀胡椒粉和天上繁星的新奇搭配，或是選擇剔除藍色蜂蜜的特殊風味等等，這些用字選詞絕對是譯者應該享有的自由；只是舉目望去，眼見多數譯本都採取類似策略，不免感到心疼——可惜這位「文字匠」的用字巧奪天工，中文讀者卻無法親見。在六十年來的所有譯本中，總該出現這麼一個譯本，願意讓讀者自行想像某個夜裡月亮的陰晴圓缺，或者像胡椒粉的星星與中文裡形容成箕斗的星星有什麼不同，又或者藍色的蜂蜜該是怎樣的風味，蜜除了甜，是不是也有些甜得發膩、甜得發酸？

再看色彩詞的處理。色彩是《大亨小傳》的一大象徵手法，作者用起各種顏色很是慷慨，以五顏六色揮灑出各人物的性格特質、社會地位，甚至是更深層的抽象意涵。舉例來說，藍色是主角傑伊·蓋茲比的主要色調，與他相關的人事物時常套上藍色，藍代表了蓋茲比浪漫的夢想世界；黃色是藍色的對立面，代表物質、現實、地位與權力；而白色富含純潔高雅的形象，象徵出身高貴，卻也是富人淺薄、空虛、冷漠自私的象徵。

而比對原文及現有譯本，便能發現不少中譯本都選擇將原作中特殊的色彩搭配直接抹除。於是原文中蓋茲比的藍色花園（his blue gardens）分別簡化或改譯為「他的庭院」、「遼闊的庭院」等，而他奢華晚宴上的黃色雞尾酒音樂（yellow cocktail music）成了「溫馨的鷄尾酒樂曲」或「流行歌曲」。遼闊的庭院似乎比藍色的花園合理許多，溫馨的樂曲也彷彿比黃色的雞尾酒音樂容易想像，但我願意冒一點險，讓中文讀者走進陌生的疆域，眼觀異色，耳聽異聲，參與英文讀者已進行了一個世紀的探索與推敲。

翻譯是詮釋的過程，且任何翻譯都難免是某種程度的改寫，因此面對善用自己母語的透明譯本，我其實樂於見到，也樂於閱讀，因為這些譯本映照出譯者對作品的理解及詮釋，借用史坦納（George Steiner）的說法，不同的譯本好比映照原作的一面面鏡子，無論鏡面或平滑或扭曲、距離原作或近或遠，映成的光影都有助豐富原作。儘管如此，既然現在得以鑄造新鏡，我情願打造一面與前人不同的鏡，提供新的選擇，這面較為光滑明晰的鏡子放置的地方離原作近一些，鏡子反射著赤裸裸的白光，渴望讓讀者更真切看見作品的原貌。這個譯本在句型結構的層次歸依中文，但在詞語的層次做了新的嘗試，少用中文習語，盡可能沿用原文意象。但願這樣的亦步亦趨看起來不像膽怯，而像守護——這個新譯不願藏起原文中寶石般瑰麗的豔彩，或遮蓋費茲傑羅潑灑的點點流光。

戴上金色的帽子吧，只要能夠打動她；
跳得高的話，也為她躍起吧，
最後她會叫著：「愛人，戴著金帽跳躍的愛人，
我要定你了！」

——湯瑪斯．帕克．丁維利葉*

*湯瑪斯．帕克．丁維利葉是費茲傑羅常用的筆名，同時也是他第一本小說《人間天堂》中的一個角色，這首詩名為〈戴上金帽吧〉。

# 第一章

我年少涉世未深時，父親曾給過我一段忠告，這番話我始終放在心上不斷想了又想。

他是這麼說的：「每當你想批評人的時候，要記得，世上不是所有人都像你一樣擁有許多優勢。」

父親就只說了這麼幾句，我們父子倆雖然互動很含蓄，但是彼此心思原本就異常相通，我了解他這番話其實有很深的寓意。因此，我這個人極少妄加批判，而這個習慣使許多性情乖僻的人都對我開誠布公，老喜歡煩人的傢伙也要纏著我；如果一個正常人具備這樣的特質，心理不正常的人總是馬上就能發現，並立刻黏上來。正因如此，大學時代許多人都誣賴我活像個政客，因為許多怪異且素昧平生的傢伙總願意向我吐露內心的苦痛。其實很多時候我根本不想聽這些祕密——每次我發現一些跡象，我知道絕對錯不了了，又有人要來找我傾吐心事了，我要嘛裝睡，要嘛裝忙，要嘛擺出一副不甚友善的輕浮態度，因為年輕人所謂的傾吐心事往往千篇一律，而且我總能看出他們其實只挑想講的講。不妄加批判這事給人無窮的希望；父親這句話帶著些自命不凡，而我謹遵這番教誨也帶著些自命不凡，我們這個想法，等於暗示每個人出生時品格高下便已注定，而至今我仍心懷戒慎，怕自己忘了這一點。

當然在我自誇為人寬容之餘，現在我也不得不承認，這樣的寬容是有限度的；人的行為準則或許有的如磐石般穩固，有的則如泥沼般軟弱，但到了某種程度後，我也不管他們究竟為何變成如此。去年秋天我從東部回來的時候，心裡只但願全世界的人都套上制服，永遠向道德看齊立正；我再也不想到處胡亂見識，不想再有機會去窺見人心深處了。只有蓋茲比，也就是這本書所要講的主角，只有他讓我還想一探究竟——因為蓋茲比這個人正代表了我真心鄙棄的一切事物。若說人的性格可以用一連串完整的姿態表達展現出來，那麼蓋茲比確實具有漂亮迷人的魅力，生命讓每個人擁有迷人的願景，他能夠強烈感受到生命的能量，像一台能探測到萬里以外地震的精密儀器，有人將他這樣的熱烈回應形容為「奔放的氣質」，但其實他只是過於軟弱而顯得敏感，不對，和他的氣質無關，這是一種天賦異稟的樂觀，一種極度浪漫的情懷，我以前從未在其他人身上見過，未來也不太可能再見到了。不——蓋茲比這個人到頭來其實還不錯，我之所以暫時對人們那些強說愁的傷痛及一時的歡欣失去興趣，是因為那些傷害、利用他的人事物，是那些伴隨他的夢想而來的齷齪塵煙。

我出身頗為顯赫，我們家在這個美國中西部城市已落腳三代，家境富裕。我們卡洛威家族稱得上是一個大家族，家裡人總說卡洛威家是蘇格蘭伯克祿公爵[1]的後代，但我們家族其實最早從我伯公開始發跡，他在一八五一年來到此地，沒去打南北戰爭，找別人替他上戰場，自己則經營起五金批發生意，事業一路傳到我父親手上。

我從沒見過這位伯公，但我倆應該長得很像，從父親辦公室裡掛的那幅嚴肅肖像便看得出來。我一九一五年從紐黑文市[2]畢業，離我父親讀完耶魯正好隔了四分之一個世紀；畢業不久後，我便參與了條頓民族遷徙的盛事，也就是大家俗稱的大戰[3]，我徹底沉浸在戰勝的喜悅中，因此返鄉後整個人焦躁不安，若有所失；中西

1蘇格蘭的伯克祿公爵（Duke of Buccleuch）是十七世紀英國國王查理二世最年長的庶子。
2紐黑文市（New Haven）位於美國康乃迪克州，即耶魯大學所在地。
3這裡的大戰是指第一次世界大戰，而前句中「條頓民族遷徙盛事」為尼克打趣的說法，因一次世界大戰時首先採取攻擊行動的即條頓民族所組成的德國——德國於一九一四年八月四日舉兵入侵比利時。

部對我而言，不再是溫暖的世界中心，倒成了天地間殘破的邊境——因此我決定到東部去學習從事債券業，我認識的每個人都在債券業，所以我想這行業也應該能再養我一個人吧。決定後，我所有叔伯姑嬸便再三商議，像在幫我挑選私立中學似的，最後他們終於帶著嚴肅而猶豫的表情鬆口說：「那好吧。」父親同意資助我一年，接著歷經重重耽擱後，我終於出發到了東部，那時是一九二二年春天，當時我心想，我再也不回去了。

當時實際點的做法，應該是在城裡租間公寓，但那時正是春暖花開時節，我又是從草坪寬闊、綠樹蔥蘢繁茂的鄉間來的，正好辦公室裡有位年輕人邀我一起到郊區小城合租獨棟房屋，我便答應了。房子是那位同事找的，是一間飽經風霜的破爛平房，房租一個月八十塊美金，沒想到快要搬家的最後關頭，公司卻把那同事派到華盛頓去，我只好隻身一人住進郊區，帶著一條狗（至少牠陪我待了幾天才跑掉）、一輛老舊的道奇汽車，還有一位芬蘭籍的幫傭，她每天替我鋪床、打理早點，還經常在廚房電爐前自顧自咕噥著一些我聽不懂的芬蘭大道理。

我就這麼過了一、兩天寂寞的生活，直到有天早上，我在路上遇到一個比我還晚搬到這附近的男人，他攔住我的腳步。

他看起來很無助，開口問我：「請問到西卵要怎麼走？」

我告訴他答案之後繼續往前走，這時候我心裡已經不再覺得寂寞了，因為現在我成了嚮導幫人指路，完全是本地人了；那人這麼隨口一問，讓我開始敢在鄰近地區自在徜徉。

因此，伴著此地的陽光，還有樹上大把大把的綠葉，生得宛若電影快轉般迅速，我心裡再度燃起信心，我像以前那樣相信，我的人生就要隨著這個夏天重新開始了。

首先第一件事就是，要用功的東西可真夠多，我該從早春的清新空氣中多汲取些精力。我買了十幾本關於銀行業務、信貸、證券投資的書，這些紅皮燙金的書全擺在我的架子上，看起來就像剛鑄好的新錢幣，裡頭寫著閃亮的祕密，原本只有點物成金的米達斯王、美國銀行家摩根，以及古羅馬慷慨資助藝術家的謀臣梅塞納斯等人才懂，現在書本可以為我解答。此外，我還有崇高的企圖，想讀許多其他種類的書，我大學時也算是文藝青年，有一年還替《耶魯快訊》寫了一系列八股又膚淺的社論文章，而現在我要在生活裡重新找回這些東西，再度成為所謂的「通才」，人家都說這是最低等的專家，這可不只是一句俏皮話，畢竟真正的專家只透過一扇窗來看人生，總是比較容易成功。

說來還真巧，我正好在整個北美洲最奇怪的社區租了房子，這個社區位在紐約正東方延伸出來的島嶼上，半島形狀狹長，面貌多變，除了各種自然奇景之外，還有兩塊不尋常的地形，就是離市區二十哩處，有兩塊呈巨大卵形的土地，形狀如出一轍，中間只隔著一小道美其名稱為海灣的狹窄水域，兩片土地雙雙伸進西半球最平靜無風的海域裡，也就是那宛若海中大穀倉的長島海峽。這一對卵並非完美無瑕的橢圓形，而是和哥倫布故事裡的那只雞蛋一樣[4]，和島嶼相連的地方都是壓扁的，但這兩個卵的形狀極神似，在天上飛的海鷗看了想必會困惑得分不清楚，而對於我們這些沒翅膀的傢伙來說，更有意思的是這兩個雞蛋除了形狀和大小相似，其他各方面可是天差地遠。

我就住在西卵[5]，也就是，呃，兩顆蛋裡比較不光鮮亮麗的那顆，不過這樣形容實在太膚淺，無法表達東卵和西卵之間超乎尋常的邪惡對比。我住的地方在西卵末端，離海峽只有五十碼，夾在兩座大宅中間，這兩棟大屋每季的租金恐怕要一萬二到一萬五千美元。右邊的那棟房子，怎麼看都稱得上是一座豪宅，建築設計得活像法國諾曼第的某市政廳，宅邸一邊有座新得發亮的塔樓，上面爬了層薄薄的常春藤，宛若稀疏的鬍鬚，大宅旁還有一座大理石游泳池，以及四十幾畝草坪和花園。這棟豪宅就是蓋茲比的，但我當時還不認識他，所以應該說，這棟豪宅裡頭住著一位蓋茲比先生。我自己的房子看起來則十分礙眼，不過礙眼歸礙眼，至少很小，所以沒人會注意到，因此我坐擁灣景，還能欣賞我芳鄰的草坪一隅，並享受與百萬富翁比鄰而居的快慰——這一切只要八十塊錢一個月。

在美其名海灣的另一頭，時髦東卵沿岸的一座座純白宮殿閃閃發光。而這年夏天的故事，其實是從我驅車到東卵和湯姆．布坎南夫婦共進晚餐的那晚開始。黛西是我的遠房表妹，湯姆則是我大學時代認識的朋友；大戰剛結束時，我還去他們芝加哥的家住過兩天。

黛西這位丈夫在運動方面表現很傑出，尤其還是耶魯有史以來數一數二的美式足球好手，稱得上是國家級的球員，他就是那種二十一歲就在某領域裡嶄露頭角的

---

4 十五世紀的航海家哥倫布發現美洲後返回西班牙，遭人抨擊，指他發現新大陸根本沒什麼了不起，不過是坐著船一直往西走罷了。哥倫布便當場拿起桌上一只雞蛋，問在場賓客能否將蛋立起來；最後他將蛋尖稍稍敲扁，成功立起雞蛋，這時又有人批評，表示用這種方法誰都能成功，哥倫布便指出，事情沒人做之前，往往誰都不知道怎麼做；有人做了之後，大家就又認為人人都會做。此故事點出「原創」的重要。

5 本書所指西卵即長島市的大頸區（Great Neck），東卵即長島的曼諾海芬（Manorhaven）、沙點（Sands Point）一帶。

人，這種人接下來的人生發展往往就有點像在走下坡。布坎南是富家子弟，大學時揮霍的程度便已經令人咋舌，但如今他離開芝加哥搬到東部來的種種行徑更叫人屏息，比方說，他竟從森林湖市運來一整隊打馬球騎的小馬；真難想像我這代還有人有錢到可以做出這種事。

我不清楚他們搬到東部來的原因，他們曾沒來由地就到法國住了一整年，在那之後便四處晃蕩，哪裡有人打馬球、哪裡有富人聚在一塊兒，他們便上哪去。黛西曾在電話中對我說，這次搬來就要在這裡定居了，但我不信，我沒法看穿黛西的心思，只是直覺湯姆還是會懷抱夢想持續遊蕩，像是追尋某場球賽的刺激。

總之就這樣，我在一個起風的溫暖傍晚，驅車到東卵去見這兩位我認識多年但幾乎不熟的朋友。他們的房子比我想像中還要來得華美，是一棟喬治亞殖民建築風格的豪宅，紅白相間，看起來亮麗宜人，屋子俯瞰一旁的長島海峽；草坪自海邊延伸到正門口，大概有四分之一哩長，一路上越過幾道日晷和磚砌的小徑，還有好幾座花朵開得火紅的花園，最後抵達屋子，小草便像是帶著一路奔來的衝力似的，搖身長成翠綠的藤蔓爬上牆去。屋子正面的牆給一排落地長窗從中隔開，此刻正映照著金光，朝溫暖多風的午後敞開。湯姆·布坎南身穿騎裝，兩腳岔開站在前廊上迎接我。

他的模樣已經和在耶魯時很不一樣了，他現在成了一個三十歲的男人，體格壯實，一頭稻草似的頭髮，嘴邊帶著野馬似的狠相，行止高傲，整張臉上最醒目的就是那兩隻炯然傲慢的眼睛，因此整個人看起來好像總是往前傾，顯得咄咄逼人。儘管他一身神氣的騎裝看來很陰柔，卻絲毫不能掩飾那副身軀的巨大氣力——閃閃發亮的靴子似乎撐得很滿，連最上頭的繫帶都繃得緊緊的；他的肩膀在薄外套下一動，一大塊肌肉的動作便清晰可見。這是一副力量強大的身軀——一具暴虐的軀體。

湯姆說起話來聲音高而粗啞，更強化了他暴躁易怒的形象，嗓音帶著父權至上的輕蔑，即便對象是他樂於親近的人，他和他們說話時也一樣——從前在耶魯就有些人對他恨之入骨。

他講話給人的感覺好比在說：「好啦，雖然我比你強、比你有男子氣概，但也不必全聽我的。」他是我在高年級學生交誼會認識的朋友，雖然我倆從來稱不上親近，但我始終感覺他挺欣賞我，似乎希望我能用像他欣賞我的方式一樣，帶著想親近又不屑的態度去欣賞他。

我們在陽光普照的門廊上寒暄了幾分鐘。

「我這房子挺不錯的。」他一邊說，眼睛一邊往四處梭巡。

他抓著我的胳臂把我整個人轉了個方向，伸出扁平寬大的手往屋前的景觀一揮，劃過一座義大利式低地庭園、半畝沉豔濃香的玫瑰，還有一艘馬達快艇，那快艇前端呈扁平狀，在岸邊不停與海濤碰撞。

「那船是我跟德曼買的，就是那個石油大王。」他說著，又伸出手把我扭了回去，不失禮貌卻令人猝不及防，他說：「我們進去吧。」

我們穿過挑高的門廳，來到一個色調粉嫩的明亮空間，兩側以落地長窗和主屋銜接。玻璃窗半開著，亮得發白，襯著外頭彷彿要長進屋裡的翠綠草坪。風吹入室，把窗簾的一端吹了進來，另一端則吹得探出窗外，簾子看起來就像一面面淡色的旗子，一會兒扭上了糖霜結婚蛋糕似的天花板，一會兒又在酒紅色的地氈上飄飄拂過，灑落一道陰影，宛若海風吹過海面。

房裡唯一文風不動的東西便是一張巨大的沙發椅，兩個年輕女人在上頭飄著，彷彿坐在一個繫著的熱氣球上。這兩個女人都穿著白衣裳，身上的洋裝吹得飄飄然，彷彿她們繞著屋子飛了一圈，風才剛把她們吹回來似的。我站著聽窗簾拍打的聲音，還有牆上掛畫發出的吱嘎聲響，想必杵了好一會兒，後來湯姆．布坎南砰的一聲把後面窗戶關上，屋裡的風扣緊之後就死沉下來，窗簾、地氈和年輕女人便乘著熱氣球緩緩落到地面。

兩個女人裡年紀比較輕的那位我並不認識，只見她整個人橫躺在長沙發一側，動也不動，下巴微抬，彷彿上頭撐著一件搖搖欲墜的物品；不知她眼角餘光是否掃到我了，但即便有，她看起來也一副沒看到我的樣子——老實說，我嚇得幾乎要脫口道歉了，覺得自己完全不該進來打擾她。

另一個女孩子就是黛西，她作勢要站起來，身子稍稍前傾，臉上露出認真的表情——接著她便笑出聲來，莫名其妙稍稍笑了一下，十分迷人，我便也跟著笑出來，向前走進房裡。

「我高——興得都要暈倒了。」

她說著又笑了，彷彿自己說的話十分幽默，然後便握握我的手，抬起頭望著我，說全世界她最想見的人就是我了；她總來這一套。她低聲提示我那位下巴撐著東西的女孩姓貝克。（以前我曾經聽人家說，黛西這樣壓低嗓音講話只是為了讓人湊近點；這批評不痛不癢，且絲毫無損她這個舉動的魅力。）

總之，那位貝克小姐輕啟朱唇，朝我點點頭，動作小到幾乎看不出來，旋即又把頭側了回去——想必是她下巴撐著的那個隱形東西晃了一下，讓她嚇到了吧，這時我幾乎又忍不住想脫口道歉。我這人只要見到別人露出全然自信的姿態，總會忍不住目瞪口呆，由衷感到欽佩。

我回過頭去看著我的表妹，她開始用低沉誘人的聲音問我一連串的問題，她的聲音會讓人忍不住一直聽下去，她每次說話，都讓人感覺像是一段空前絕後的獨特旋律。她的臉蛋看起來悲傷而可愛，看上去一片光燦，光燦的眼、光燦熱情的嘴，但愛過她的男人最難以忘懷的是，她說起話來的那股興奮——那是一種如歌的熾烈欲望，像是喃喃叫人「聽好了」，像是在對人說她剛剛才做了某件快活的事情，還有等著，她馬上又要再做一件愉悅的快事囉。

我跟她說，我到東部來的途中在芝加哥停留了一天，那裡有十幾位朋友都要我代為問候她。

「他們想念我嗎？」她神色狂喜驚呼道。

「因為妳走了，整座城都很悲慘啊，所有人都把汽車的左後輪漆成黑色，就像哀悼的花圈一樣，到了晚上，北方岸邊更是哭聲不斷。」

「真好！湯姆，我們回去吧，明天就走！」接著她馬上換了個不相干的話題：「你一定要看看小寶寶。」

「好啊。」

「她在睡，她三歲了，你還沒看過她嗎？」

「還沒。」

「那你一定要看看她，她真的好——」

湯姆．布坎南原本浮躁不已，在房裡走來走去，現在停下腳步，把一隻手搭在我肩上問道：

「尼克，你現在在做什麼？」

「我在做債券。」

「在哪家啊？」

我跟他說了。

「聽都沒聽過。」他下了個評論。

我聽了很不是滋味。

「你之後就知道了，」我沒好氣地說，「你在東部住下來就會知道了。」

「喔，我會在東部住下來，這你不用操心。」他說著看了黛西一眼，又轉回來看著我，好像在提防什麼似的。「我他媽傻了才會再搬到其他地方。」

這時貝克小姐開口了：「沒錯！」她突如其來這麼一句話把我嚇到了——我進屋到現在，這還是她頭一次開口。她自己顯然和我一樣吃驚，因為她隨即打了個呵欠，接著敏捷靈巧地站起身來。

她嚷嚷著：「我整個人都僵了，不知在沙發上躺多久了。」

黛西回嘴：「妳可別看我，我整個下午都在拉妳去紐約呀。」

這時傭人從廚房端來四杯雞尾酒，貝克小姐對傭人說：「我不用，謝謝；現在可是我的訓練期呢。」

男主人一臉難以置信的表情望著她。

「是啊！」他把整杯酒一飲而盡，彷彿那杯裡只有一滴酒似的。「真不知道妳哪來的本事。」

我看著貝克小姐，想知道她究竟有什麼「本事」。我覺得看著她很舒服，她是個身材苗條、胸脯不大的女孩子，身姿很挺，還像軍校生一樣把肩膀往後收，儀態看起來又更挺了。她的一雙灰眼珠在陽光下微微瞇起，因為我好奇看著她，她也禮尚往來看著我，一張臉蛋蒼白而迷人，有些怏怏不樂。我這時才想起，這女孩子我以前不知道在哪裡見過，或者至少看過她的照片。

「你住西卵呀，」她用輕蔑的口吻說，「我認識一個人也住在那兒。」

「我一個人也不認——」

「你一定認識蓋茲比吧。」

「蓋茲比？」黛西追問道，「哪個蓋茲比啊？」

我還沒來得及回答他是我鄰居，傭人就說晚餐準備好了，湯姆·布坎南硬是伸出一隻壯實的手臂挾住我的胳臂，把我拉出房間，就像把棋子移到另一格似的。

兩位姑娘裊裊婷婷、行止慵懶地走在我倆前面，手輕輕搭在臀上，一同走到玫瑰色的門廊上，門廊外是一片日落景致，這時風已經減弱了，餐桌上有四支蠟燭，火光在風中微微晃動。

「為什麼點蠟燭呀？」黛西蹙眉斥道，一邊用手指頭把燭火掐熄。「再過兩個禮拜就是一年裡白天最長的時候啦。」她神采奕奕望著大家，「你們會不會一直期待夏至，可是到了夏至那天又忘了？我就是一直期待夏至，然後到了那天又忘了。」

「我們應該做點事慶祝一下。」貝克小姐說著，一面伸了個懶腰，一面在桌前坐下，那模樣像是要爬上床睡覺。

黛西說：「好啊，那我們要做什麼？」她轉向我求助：「大家夏至都做什麼？」

我還來不及回答，她的視線便盯著自己的小指頭怔住了。

「你們看！我受傷了。」她嬌嗔道。

大夥兒都看著她的手——她的指節瘀傷了。

黛西用指責的語氣說：「都是你弄的，湯姆，我知道你不是故意的，可是你就是把人家弄傷了，這就是我嫁給一個粗漢的下場，他真是個巨大笨重、活生生的——」

湯姆怒斥：「我最恨『笨重』這個詞，就算開玩笑也一樣。」

「笨重。」黛西照說不誤。

用餐過程中，黛西和貝克小姐偶爾會同時開口說話，但並不過分引人注意，只是有一搭沒一搭說些沒道理的玩笑話，絕不絮絮叨叨個沒完，清清淡淡的，就像她們身上的白洋裝一樣，也像她們冷淡的雙眸，不帶有任何想望，總之她們人在這裡了，願意陪我和湯姆，但就只是輕鬆客氣應酬幾句而已，她們知道這頓飯遲早會結束，而且再過不久，這個夜晚也會結束，沒人會在乎，這和西部截然不同，西部的夜晚總是緊鑼密鼓，眾人往往滿懷期待又屢屢落空，再不就是每時每刻都怔忡不安。

「黛西，你們讓我覺得自己好不文明啊，」我喝第二杯酒時便直言了，這波爾多紅葡萄酒帶著軟木塞味，但口感很不錯，「你們就不能聊點種田之類的事嗎？」

我說這話其實沒什麼特別的意思，卻引起了意料之外的反應。

「文明要毀啦。」湯姆突然厲聲說，「我現在對很多事都悲觀透了；你讀過《有色人種帝國之崛起》嗎？一個叫葛達德6的人寫的。」

「是喔，我沒讀過。」我回答，同時有些被他的語氣嚇到。

「這個嘛，這書寫得很好，大家都應該要讀一下，這本書說的就是如果我們再不小心，白種人就快——就快滅頂了。他講得很科學，都經過驗證。」

「湯姆現在變得很有深度。」黛西說著，不經意流露出一股悲傷的神色，「他都讀很深的書，裡頭全是很難的字，像我們那天才說到哪個字呀——」

「這些書都有科學依據的，」湯姆瞄了黛西一眼，看來很不耐煩，仍繼續自己剛剛的話題，「那傢伙都分析清楚了，我們這個優勢人種一定要小心，不然掌控權就要落到其他種族手裡了。」

「我們一定要打倒他們。」黛西朝熾熱的斜陽惡狠狠眨了眨眼，低聲說。

「你應該去加州住——」貝克小姐開口說，但湯姆在椅子上大動作挪動身體，打斷了她的話。

---

6《有色人種帝國之崛起》（The Rise of the Colored Empires）和葛達德（Goddard）為作者虛構的書籍和作家，但實際上影射的是一九二〇年史達德（Lothrop Stoddard）所出版的《反對白人世界霸權的有色人種浪潮》（The Rising Tide of Color Against White World-Supremacy）。

「這本書說，我們是北歐民族，我是，你也是，妳也是，還有——」他稍稍遲疑了一下，朝黛西微微點了個頭，算是把她也囊括進來；此時黛西又對我眨眨眼，湯姆緊接著說：「所有文明的東西都是我們發明的，啊，就是科學、藝術那些東西，你懂嗎？」

他認真得讓我感到有些同情，因為他看來雖然比從前還要自滿，卻似乎還想表現得更自滿。緊接著電話響了，男管家進屋接電話；黛西便把握這片刻打岔的機會，往我這兒湊過來。

她用興奮的語氣低語：「告訴你一個我們家的祕密，就是管家的鼻子啊，你想知道他的鼻子怎麼了嗎？」

「我今天晚上來就是為了打聽這件事啊。」

「這個嘛，他最早不是做管家的，是擦銀器的，在紐約一家餐廳工作，那裡上菜都是侍者親送到客人盤內，他們一次可以服務兩百個客人，他從早到晚擦銀器，弄得鼻子都不好了——」

「後來每況愈下。」貝克小姐幫著接話。

「對，後來每況愈下，最後他只好辭職。」

有那麼一會兒，夕陽餘暉帶著浪漫的情意，灑落在她煥發光芒的臉蛋上，她那種說話的聲音，使我聽的時候不禁要屏息向前湊去——接著那股光芒黯淡下來，一道道光線依依不捨離開了她，就像向晚時分孩童離開他們正玩得盡興的街道。

管家走了回來，湊在湯姆耳邊低聲說了幾句話，湯姆隨即皺眉，把椅子往後一推，什麼話也沒說便走進屋裡。他一走開，黛西便彷彿哪裡被刺激到了，又湊近說起話來，嗓音熱切，宛轉如歌。

「尼克，你來吃飯我真高興，看到你就讓我想到——想到玫瑰花，對，你就讓人想到玫瑰花，對不對？」她別過頭去，望著貝克小姐，要她附和。「就像玫瑰花對吧？」

根本不對，我才不像什麼玫瑰花，黛西只是在即興胡謅罷了，但她身上流瀉出一股使人心潮澎湃的熱度，彷彿她的一顆心就藏在那些屏息誘人的話語下，正要奔向你。接著她突然把餐巾往桌上一扔，跟我們說了不好意思，便離桌走進屋裡去了。

我和貝克小姐彼此匆匆對看一眼，兩人都刻意不動聲色，後來我準備開口說話，她卻面露機警坐直了身子，用警告的語氣對我「噓」了一聲。我們聽見屋裡傳來兩人壓抑但激烈的低語聲，貝克小姐肆無忌憚俯身向前，想聽個清楚。房裡的低語高低起伏，音量就在我們幾乎聽得見的程度上上下下的，沉寂落下，又激動揚起，最後終於戛然而止了。

我開口說：「妳說的那位蓋茲比先生是我鄰居——」

「別說話，我想聽發生什麼事了。」

「有什麼事嗎？」我用什麼也不知道的語氣問道。

「你意思是你還不知道嗎？」貝克小姐問，她看起來是真的很驚訝，「我還以為這事大家都知道。」

「我不知道。」

「哎呀——」她語氣遲疑，「湯姆在紐約有女人。」

「有女人？」我一臉茫然重複她的話。

貝克小姐點點頭。

「她要是有點分寸，至少不該在晚餐的時候打電話給人家，你不覺得嗎？」

我這才聽懂她話裡的意思，接著便聽到衣裙拂動和皮靴噠噠的聲音，湯姆和黛西回來了。

「真受不了！」黛西用極其歡愉的語氣嚷道。

她坐下，眼神在貝克小姐臉上梭巡，也望了望我，接著又繼續說：「我剛剛往外面看了一會兒，外頭好有情調，草皮上有一隻鳥，我想一定是夜鶯，搭著冠達或白星郵輪[7]來的吧，牠在唱歌——」她用唱歌似的聲音說：「好浪漫，對不對呀，湯姆？」

「對。」湯姆說完，神色愁慘對我說：「等下吃完飯以後如果天還沒黑，我想帶你去看馬廄。」

這時屋裡電話又響了，大夥兒都嚇了一跳，這時黛西對湯姆堅決搖搖頭，然後剛剛馬廄的話題，不，應該說所有的話題便全消失在空氣中了。大夥兒坐著的那最後五分鐘，如今我腦中只殘存一點片段，只記得當時我們又把蠟燭點了起來，也不知道有何用處，而我一直想直視大家，但又不想四目相接。我猜不透黛西和湯姆心裡在想什麼，但那第五位客人的電話鈴聲有如金屬般尖銳急切，我懷疑，即便是飽經世故的貝克小姐，這會兒恐怕也沒法忘懷了，這種局勢對某種性情的人而言或許頗有意思吧，但我自己的直覺反應是想趕快打電話報警。

當然，看馬的事也沒人再提起了。湯姆和貝克小姐一前一後走回閱覽室，中間隔著幾尺暮光，那景象彷彿有一具遺體等著他倆去守靈似的，而我則裝出饒富興致

7白星航運（White Star Line）即大名鼎鼎的沉船鐵達尼號所屬的航運公司。

但聽不太清楚的模樣，隨著黛西穿過一道道相連的陽台走廊，走到屋前的門廊上。門廊一片昏暗，我倆在一張藤編沙發上並肩坐下。

黛西用雙手捧住臉，彷彿盲人在感覺自己標緻的臉型，眼眸則緩緩望向絲絨般的暮色。我看得出她讓一陣洶湧的情緒攫住了，便開口問她女兒的事，心想這樣應該能讓她鎮靜下來。

然而黛西突然說：「我們兩個不太熟，尼克，雖然我們是表親，可是連我結婚的時候你都沒來。」

「我那時候還在打仗啊。」

「那倒是。」她猶豫了一會兒，「呃，我過得很不好，尼克，我現在對什麼事都不相信了。」

她會這樣顯然是有她的理由，我等她說下去，然而她卻就此打住，過了半晌，我只得回頭聊她女兒的事，話題轉得有些不自然。

「妳女兒應該會講話了吧，她應該也會——應該也會吃東西那些的吧。」

「噢，對。」黛西一臉恍惚望著我。「跟你說，尼克，我告訴你，我生她的時候說了什麼，你想知道嗎？」

「非常想。」

「你聽了就知道我現在怎麼看待……很多事情的。總之，那時她才剛生出來不到一個鐘頭，湯姆就不知道上哪兒混了，我麻醉的乙醚退了，醒過來，完全感覺自己像被拋棄一樣，我馬上問護士我生的是男是女，她說是女孩，我就轉過頭去哭了，我說：『好吧，女兒也好，希望她是個傻瓜——一個女孩子在這個世界上最好就是當個傻瓜了，當個漂漂亮亮的小傻瓜。』」

黛西用堅信不移的語氣繼續說：「你看，總之我現在覺得什麼事情都糟透了，大家都這麼覺得——地位高的人都這麼覺得，我真的這麼確定，因為我什麼地方都去過，什麼事都見過，什麼事都做過了。」她挑釁的目光往四周瞟來瞟去，眼神頗像湯姆，接著她發出一聲不屑的尖銳笑聲：「世故——老天，我真世故啊！」

她話說完，我的注意力就不在她身上，對她的認同感也消失了，我旋即感覺她這番話基本上是言不由衷，而這讓我心裡很不舒服，彷彿這整個晚上全是某種伎倆，目的是使我投注自己的情緒。於是我等著，果不其然，沒一會兒她便望向我，可愛的臉蛋上帶著沾沾自滿的笑意，那模樣彷彿宣稱了她和湯姆隸屬同一個高貴的祕密社團。

屋裡，緋紅色的房間綻放著一盞盞燈光。湯姆和貝克小姐分坐長沙發兩端，貝克小姐正朗聲讀《週六晚間郵報》給湯姆聽，唸得喁喁噥噥，聲調平板，語句全混在一起，形成一曲舒緩的調子。燈光打在湯姆的靴上閃閃發亮，落到貝克小姐如枯黃秋葉般的髮上卻顯得黯沉。她把報紙翻到下一頁，雙臂上纖長的肌肉便動了動，燈光也在報紙上閃動。

我們走進去時，她舉起一隻手，示意要我們暫時別作聲。

「本文未完，」她把那本雜誌扔在茶几上說，「下期待續。」

她一腳的膝蓋不安分動著，好似身體在宣示自己的主張，接著她站起身。

「十點了。」她說，彷彿在天花板上看到時鐘似的，「好女孩要上床睡覺囉。」

「卓丹明天要參加錦標賽，」黛西解釋，「在威徹斯特那裡。」

「噢，妳就是卓丹．貝克啊。」

這下我明白為什麼她看起來很眼熟了——在一些報導艾西維爾市、溫泉城和棕櫚灘運動競賽的新聞裡，她那迷人高傲的神情常常從報上的印刷照片裡凝視著我呀，我也曾聽說過她的一件事，是一件不怎麼光采的負面消息，但我早忘了是什麼事。

「晚安，」她輕聲說，「八點叫我起床好嗎？」

「那妳要叫得醒啊。」

「知道了，晚安，卡洛威先生，我們之後再見。」

黛西附和：「你們當然會再見面，其實我覺得我應該安排你們兩個相親，尼克，你要常來坐呀，這樣我就可以……啊……撮合你們啊，就是……不小心把你們倆鎖在放桌布床單的壁櫥裡，或者扔在一艘船上推到海裡，諸如此類的——」

「晚安，」貝克小姐從樓梯上喊，「妳說什麼我一個字也沒聽見。」

過了片刻，湯姆說：「她是個好女孩，他們怎麼讓她這樣全國跑，拋頭露面。」

黛西冷冷問：「你說『他們』是說誰呀？」

「她家裡人啊。」

「她的家人就只有一個姨媽，大概有一千歲那麼老，再說，現在有尼克照顧她了，對不對，尼克？她今年夏天會常來這裡度週末，我想這裡的家庭環境對她很有幫助。」

黛西和湯姆沉默相視了片晌。

我趕緊開口問：「她是紐約人嗎？」

「她是路易維爾人，我跟她在路易維爾一起度過我們純潔的少女時代——我們純潔無瑕的——」

「妳剛剛在陽台上和尼克來了場小談心是嗎？」湯姆突然質問。

「我有嗎？」黛西望向我，「我記不得了，但我們好像講到北歐民族的事吧，對，我確定我們聊的是這個，我們不知不覺講到，結果就聊起來——」

「尼克，她說的話你可別全信。」湯姆告誡我。

我語氣輕快說黛西根本什麼話都沒講，過了幾分鐘，我便起身告辭了，他們送我到門邊，兩人並肩站在明朗的燈光下，我發動引擎時，黛西突然強橫叫住我：「等一下！」

「我忘記問你一件事了，很重要，我們聽說你在西部跟一個女孩子訂了婚呀。」

「對，」湯姆也親切附和，「我們聽說你訂婚了。」

「這是毀謗啊，我哪來的錢結婚。」

「可是我們真的有聽說。」黛西繼續堅持，而且再度綻放花朵般的笑顏，讓我吃了一驚，「我們前後總共聽三個人說過，所以一定是真的。」

我當然知道他們說的是哪件事，但我根本連半個婚也沒訂。那些八卦謠傳直接幫我發布了婚訊，這正是我離家到東部來的原因之一，人不能因為有謠言就停止跟一位老朋友往來，但話說回來，我也不想奉謠言之命就成婚。

看他們對我那麼有興趣，我還有幾分感動，也不再覺得他們有錢得像是另一個世界的人——儘管如此，驅車返家的路上，我卻感到迷惑，甚至有些反感了。在我看來，黛西最應該做的就是抱著孩子奔出那棟房子，但她腦袋裡顯然完全沒有這樣的打算；至於湯姆，他竟會因為看了某本書而感到悲觀，比起他「在紐約有女人」，這點還比較讓我吃驚，他不知為何竟開始對那些陳腐思想感興趣了，彷彿他身體所展現的健壯自尊已不足以滋養那顆蠻橫的心。

到了這時節，路邊的餐館屋頂上和車行前都已展現仲夏的熱鬧景象，車行外頭都立著紅豔簇新的加油機，佇立在一圈圈光線之中。我抵達自己位於西卵的豪宅大院後，便把車停到車棚，在院子裡一台廢棄的割草機上坐了片刻。此時風已經停了，眼前只見夜晚喧囂而明亮，林間有羽翼在拍動，大地縱聲低吼，蛙群吹注了滿滿的生氣，發出持續不斷的管風琴音，一隻貓四處遊走，剪影在月光下閃動。我轉過頭去看那隻貓，這才發現自己並非獨自一人——在五十呎外，我芳鄰的豪宅投射出一片陰影，其中出現了一個身影，那個人雙手插在口袋裡，正舉頭凝視銀胡椒粉似的星辰。他行止從容，在草坪上站得極穩當，因此看得出來他就是蓋茲比先生本人，這會兒他八成是出來瞧瞧這裡的天空，哪塊是屬於他的了。

我決定要叫他，晚餐時貝克小姐提過他，這就能拿來當作開場白了，但是後來我卻沒開口，因為蓋茲比先生突然透露出了想獨處的意味——他的姿態特異，朝黝黑的海面攤開雙臂，而且雖然我倆距離頗遠，但我發誓我看到他的身體在顫抖。我不由自主也往海上看去，什麼也沒見到，只望見一盞綠色的燈，渺小而遙遠，或許是船塢盡頭的燈火吧。我回頭看蓋茲比先生，但他卻已不見蹤影，徒留我獨自一人在這不平靜的暗夜之中。

# 第二章

大約在西卵和紐約市之間半途的地方，汽車道路突然急轉了個方向，朝火車鐵軌偏斜過去，和鐵路並排走了約莫半公里，這是因為這條公路得閃過某個荒涼地帶的緣故。這地方是一個灰燼之谷——這裡就像個奇幻詭異的農場，垃圾燒成的灰像小麥似的不停生長，長成了山脊、小丘和醜怪的園子，再不然便化成房舍、煙囪和煙霧飄蕩的形狀，最後以高超的本領幻化成人形，一個個蒙著灰燼的人兒走動著，姿態模糊，在滿是粉塵的空氣中也像快要崩塌粉碎似的。偶爾會有成排灰濛濛的車廂沿著一條看不見的軌道緩緩駛來，發出陰森的吱嘎聲之後停下來，那些扛著鉛鏟的灰漢子便蜂擁而上，揚起一朵堅不可摧的灰雲遮蔽住視線，使你看不清他們令人費解的活動。

灰溜溜的土地上布滿荒涼塵土，地表看起來陣陣飄動不止，若你定睛凝視片晌，便能看見艾柯堡醫師的那一對眼睛。艾柯堡醫師的雙眸湛藍而碩大，光是虹膜部分就有一碼高，這對眼睛沒長在人臉上，而是貼著一副巨大的黃色眼鏡，架在不存在的鼻樑上頭，顯然是哪位幽默的眼科醫生異想天開，到皇后區這裡架起看板想拉生意吧；也許後來醫生自己的眼也永遠闔上了，又或者是他已遺忘這些廣告看板，搬到別處去了。他的雙眼儘管經過許多日曬雨淋的日子，沒人來油漆，已黯淡了些，卻仍杵在肅穆的垃圾場上空，鎮日憂思著。

灰燼之谷的一頭依傍著一條髒臭的小河，每當吊橋升起讓駁船通過，在火車上等待通行的乘客便只能乾瞪著這慘澹的景象，有時甚至得等上半小時之久，火車開到此地，總要暫停至少一分鐘，而我也正因如此，才跟湯姆．布坎南的情婦第一次打了照面。

每個認識他的人都堅稱他有情婦，湯姆的這些朋友最氣的就是他會帶情婦到人人愛去的餐廳，然後把她留在座位上，自己四處閒逛，和所有認識的人閒聊。儘管我也好奇，想看看這位情婦，可是並不想真的認識她——但我卻認識她了。那天下午，我和湯姆一起搭火車進紐約市，火車開到那幾座灰燼丘旁邊暫停時，他便跳起來，一把抓住我的手肘，硬生生把我拉下車。一點也不誇張。

他堅持說：「我們下車，我帶你去見我女朋友。」

我想他大概是午餐時太多黃湯下肚，那副硬要我陪的態度簡直野蠻，顯然他倨傲地假設我在週日午後絕不會有比這更好的行程。

我跟著他穿過鐵道旁低矮的白漆柵欄，兩人沿著艾柯堡醫師注視不懈的公路往回走了一百碼，放眼望去，唯一能看到的建築便是一小排黃磚房，座落在荒地邊緣，大概算是這荒郊的迷你鬧區吧，而磚房四周一片空蕩蕩，這排房子共有三間店面，一間正在招租，一間是通宵營業的餐館，門前供出入的小徑灰濛濛的，最後一間則是一家車行，店前寫著「修車——喬治．韋爾森——汽車買賣」，我跟著湯姆走進這家車行。

店裡裝潢得窮酸簡陋，放眼望去只看到一輛車瑟縮在陰暗的一隅，是一台破銅爛鐵似的、蒙著灰的福特汽車。我還在想，這家燈光黯淡的車行想必是偽裝，樓上其實隱匿著幾間華麗而有情調的公寓吧，但這時店老闆本人卻從一間辦公室的門口現身了；他拿了塊抹布擦擦手。這老闆一頭金髮，整個人死氣沉沉的，看起來體弱無力，長相勉強稱得上英俊。他一見到我們，亮藍色的眼珠裡便閃現了一點濕沉沉的希望。

「嗨，韋爾森，老傢伙。」湯姆快活地在老闆肩上拍了一下，「最近生意好嗎？」

「還過得去。」韋爾森回答，但他的語氣非常沒有說服力，「你那台車什麼時候要賣我呀？」

「下禮拜，我已經交辦給下面的人了。」

「你下面的人動作很慢啊，是不是？」

「哪裡慢了，」湯姆語氣一沉，「你覺得慢的話，那我就賣給別人吧。」

韋爾森趕忙解釋：「我不是這個意思，我是說……」

他說話的聲音越來越小，最後說到一半便停了，湯姆不耐煩地巡視店裡，接著我便聽到樓梯間傳來腳步聲，不一會兒，走出一個身材頗豐腴的女人，擋住了辦公室門口透出來的光線。她看起來大約三十五歲上下，身材略嫌豐滿，但有些女人就是這樣，胖得很有肉感美；她身上穿著暗藍皺紗的圓點洋裝，那張臉上絲毫沒有半點美麗的神韻和光采，但一看便感覺她具有某種生命力，好比她全身的神經在持續悶燒著。這女人緩緩露出笑容，筆直走過她丈夫身邊，彷彿他只是個幽靈，然後便和湯姆握了握手，一雙眼直盯著他，接著她將雙唇抿濕，仍舊背對著她丈夫，以極輕但粗啞的聲音對他說：「去搬兩張椅子來啊，都沒地方坐。」

「喔，好好好。」韋爾森趕忙應聲，然後便走進那間窄小的辦公室，身影隱沒在牆壁的水泥顏色中，灰白的塵土沾滿了他的暗色西裝、淺色頭髮，以及周遭的一切——除了他太太以外。她向前挨近湯姆。

湯姆急切地說：「我想見妳，妳搭下一班火車來。」

「好。」

「我在車站下層的報攤旁邊等妳。」

她點點頭，走離湯姆身邊，同時喬治．韋爾森就從辦公室裡搬了兩張椅子走出來。

我和湯姆在店外馬路遠處沒人看得見的地方等她。再過幾天就是七月四日國慶日了；一個膚色暗灰、瘦巴巴的義大利小孩沿著鐵軌排了成排的鞭炮。

湯姆對艾柯堡醫師的看板皺了皺眉，開口說：「這地方真夠恐怖，對吧。」

「糟透了。」

「到別的地方走走對她也好。」

「她先生不會說什麼嗎？」

「你說韋爾森啊？韋爾森以為她要去紐約找她妹妹，他蠢到連自己是不是活著都搞不清楚。」

我就這樣和湯姆．布坎南跟他女朋友一起進紐約了——也不算是一起，因為韋爾森太太謹慎地坐在另一個車廂裡；火車上搞不好會有其他東卵居民，所以湯姆這樣算是顧到他們的感受吧。

韋爾森太太換了一件棕色的平紋細棉紗洋裝，到了紐約，湯姆攙她下車時，她寬闊的臀部把洋裝布料繃得緊緊的。她在報攤買了一期《大城八卦》和一本電影雜誌，又在車站藥妝店買了冷霜和一小瓶香水。到了車站樓上，肅靜的車道上盪著回音，一連過了四輛計程車她都沒上，最後才選了一台新車，薰衣草紫的顏色，淺灰的內裝。我們上了車，從偌大的車站駛進燦亮的陽光裡，但韋爾森太太旋即把頭從車窗的方向轉回來，湊上前去拍了拍前面的玻璃隔板。

「我想買一隻小狗，」她殷殷說道，「我想買一隻養在我們的公寓裡，我想要──養一隻小狗。」

我們便倒車到一個灰髮老人身邊，這老人的長相像極了石油鉅子約翰．洛克斐勒，他脖子上掛了一個籃子，裡頭蜷縮著十幾隻剛出生的小狗，看不出是什麼品種。

老人湊到計程車窗旁，韋爾森太太渴切地問：「這些是什麼狗？」

「什麼狗都有，小姐，您想要什麼狗？」

「我想要警犬，你應該沒有吧？」

老人往籃裡打量一番，看起來很猶疑，然後伸手拎了一隻小狗起來，他抓著小狗後頸，小狗直扭個不停。

「那根本不是警犬啊。」湯姆說。

「對，這隻不太算是警犬。」老人說話的聲音透露出一點落寞，「這隻比較像萬能梗。」他在小狗那棕抹布似的背上摸一下，「妳看牠的毛，很不錯吧，這種狗很好養，不會感冒。」

韋爾森太太熱切地說：「我覺得很可愛，這多少錢啊？」

「這隻啊？」老人用讚賞的眼神看著小狗，「這隻算妳十塊美金。」

這隻「萬能梗」（沒錯，這隻狗的列祖列宗裡肯定包含一隻萬能梗吧，只不過牠的腳實在白得不可思議）就這麼轉手了，韋爾森太太把牠放在腿上，她摸著小狗那耐風寒的皮毛，看起來欣喜若狂。

「這是小男生還是小女生啊？」她措辭十分優雅。

「這隻啊，這隻是男生。」

「這是母狗吧。」湯姆決然說，「錢給你，你可以再去買個十隻了。」

接著我們的車開到第五大道上，天氣溫暖和煦，簡直帶著點田園風情，在這樣一個夏日的星期天下午，就算我看見一群雪白的綿羊走過街角，也不會感到驚訝吧。

「等一下，」我說，「我在這裡下車吧。」

「不行，你還不能走。」湯姆旋即插話，「你要上樓坐坐，不然梅朵會難過，對不對，梅朵？」

「你來嘛，」梅朵也力勸，「我打電話叫我妹妹凱瑟琳也來，有眼光的人都說她長得可美了。」

「這個嘛，我很想去，可是——」

車子繼續開，再度穿過中央公園，往西一百多街的方向駛去。開到一百五十八街，成排的公寓恍若一塊雪白的蛋糕，計程車在其中一小片前面停下。韋爾森太太帶著帝王回宮般的神情，往附近掃視了一番，便拎起她的狗兒和其他戰利品，神氣活現進了門。

我們乘電梯上樓時，她宣布：「我要請麥基先生和麥基太太上來坐，還有，當然也要打電話叫我妹妹來。」

公寓位於頂樓，裡頭有小小的客廳、小小的飯廳、小小的臥房和小小的浴室。客廳裡擺了一套過大的織錦傢俱，都擠到門邊了，因此人在走動時，總會不停撞見傢俱上的凡爾賽宮仕女盪鞦韆圖。屋裡只掛了一幅畫，是一張放得太大的攝影作品，看上去像是一隻母雞坐在一塊模糊的石頭上，但站遠一點望過去，母雞便成了一頂綁帶女帽，照片裡原來是一位肥胖的老婦人，笑臉迎著這客廳。茶几上擺著幾本過期的《大城八卦》，還有《西門喚彼得》[1]那本暢銷小說，以及一些百老匯的八卦雜誌。韋爾森太太一心只顧念著那條狗，她差一位電梯小弟去買牛奶和鋪了乾草的箱子回來，小弟不大情願去了，還自作主張多買了一罐又大又硬的狗餅乾，後來牛奶盆裡的那塊餅乾泡了一整個下午，兀自軟爛了。湯姆則從一個上鎖的五斗櫃裡取出一瓶威士忌。

我這輩子只醉過兩次，第二次喝醉便是在那個下午。因此，儘管那間公寓整個下午都滿溢著歡快的陽光，晚上八點才天黑，但我印象中那天發生的事彷彿都罩上一個黯淡朦朧的模子。韋爾森太太坐在湯姆腿上撥了幾通電話給一些人，接著香菸抽完了，我出門到街角的藥妝店買菸，回來後卻不見他倆人影了，我便小心翼翼在客廳坐下，讀了《西門喚彼得》的一章——不知是這東西寫得糟糕透頂，或者是威士忌酒使人腦袋糊塗，總之我讀來覺得莫名其妙。

湯姆和梅朵回到客廳後（我和韋爾森太太第一杯酒下肚便開始親近地以名字互稱了），客人也陸陸續續來到公寓門口。

梅朵的妹妹凱瑟琳看起來身形苗條，行止世故，大約三十歲，一頭厚重黏膩的紅髮剪成了齊長的鮑伯頭，臉上的粉塗得像牛奶一樣白，原本的長眉毛被拔掉，畫成比較俏皮的角度，但又依稀可見自然的力量正努力重現舊有的眉型，因此那張臉

1《西門喚彼得》（Simon Called Peter）是美國一九二一年的暢銷小說，此書問世之初頗有爭議，因故事內容涉及性和宗教。

看上去便顯得有些模糊不清。她兩條胳臂上戴著不計其數的陶製手鐲，走動時鐲子便上上下下撞得叮噹響，不停發出喀啦喀啦的聲音，她進門動作之流暢，感覺像是這裡的主人，而且還帶著占有欲似的將傢俱掃視一番，讓我懷疑她是不是就住在這兒。但我這樣問她時，她卻縱聲大笑，還把我的問題大聲複誦一遍，接著才告訴我她是和一位女性朋友一起住在旅館裡。

麥基先生住在樓下的公寓，是個蒼白陰柔的男人，看來才剛刮完鬍子，顴骨上還沾著一塊白白的肥皂泡沫。他和屋裡每個人打招呼時都極其客氣，跟我說他是「玩藝術的」，我後來才弄清楚他是一位攝影師，而韋爾森太太的母親那張模糊的放大照，也就是牆上那幀看起來像靈質[2]似的照片，原來正是他拍的。麥基太太這人很多話，舉止慵懶，長相標緻，但個性令人討厭至極，她得意洋洋告訴我，結婚以來她先生一共幫她拍過一百二十七張照片。

韋爾森太太稍早已換了衣服，此刻她身著一套精緻的連衣裙，是奶油色的薄紗材質，她在客廳裡大模大樣輕快走動時，衣服便窸窣作響，而她的個性也受那套洋裝影響而改變了，剛才在車行裡那令人驚嘆的極度活力此時成了驕矜的神氣，她的笑聲、姿態和評論每時每刻都變得益發做作，她整個人不停擴張，而客廳在她四周顯得越來越小，最後她彷彿化身音樂盒裡的人偶，在一片煙霧繚繞中，站在一個嘈雜而吱嘎作響的小鈕上，兀自旋轉著。

「親愛的，」她用忸怩作態的高聲調對妹妹說，「這些人大部分都是想拐妳啦，他們滿腦子都是錢啊，上個禮拜我請一個女的來這裡幫我看看腳，她開帳單給我的時候，我還以為她幫我割了盲腸咧。」

「那女的叫什麼名字啊？」麥基太太問。

「埃伯哈特太太，她專門到人家家裡幫人看腳。」

麥基太太說道：「我喜歡妳的洋裝，我覺得很美。」

韋爾森太太做出不以為然的樣子，抬起一邊眉毛。

她說：「只是一件破爛舊衣服而已，有時候我懶得打扮就穿這件。」

麥基太太仍繼續說：「可是妳穿起來好好看耶，妳懂我的意思嗎？如果叫我先生把妳現在這個樣子拍下來，我想他一定可以拍一張不錯的照片。」

---

2「靈質」（ectoplasm）是一種神祕學號稱可用來召靈的黏稠物質，從靈媒體內散發出來，二十世紀初的美國頗盛行這類超自然的信仰。

這會兒眾人全靜靜盯著韋爾森太太，只見她把眼睛上的一撮頭髮撥開，綻放出燦爛的笑容望著我們，麥基先生歪著頭凝神看她，一隻手在面前緩緩來回比劃著。過了一會兒，他說：「我要調一下光線，我想帶出五官的輪廓，還有我會盡量把後面的頭髮都拍進來。」

麥基太太嚷道：「我覺得不用調整光線吧，我覺得是——」

麥基先生對她「噓」了一聲，大夥的視線便全轉回模特兒身上。這時湯姆．布坎南用大家都聽得見的音量打了個哈欠，站起身來。

他開口：「麥基先生和麥基太太再喝點東西吧，梅朵，再拿一些冰塊跟礦泉水來，不然大家都要睡著了。」

「我剛就叫那個小弟拿冰塊來了。」梅朵抬起眉毛，彷彿對下層社會的打混態度感到絕望，「這些人哪！就是要人盯著。」

語畢，她望向我，莫名其妙笑出聲來，接著大動作走到小狗那兒去，陶醉地親吻牠，最後大搖大擺走進廚房，步態輕盈，那樣子彷彿裡頭有十幾個大廚在等她指使。

這時麥基先生說：「我在長島拍過一些不錯的作品。」

湯姆面無表情看著他。

「有兩張我們已經裱框掛在樓下了。」

「兩張啥?」湯姆咄咄問道。

「兩張試拍的作品,我把一張取名叫做〈蒙托克角——海鷗〉,另一張叫做〈蒙托克角——海面〉。」

梅朵的妹妹凱瑟琳在沙發椅上坐下,就坐在我旁邊。

「你也住在長島嗎?」她問。

「我住西卵。」

「這樣啊?我大約一個月以前才去那裡參加過宴會,是一個叫蓋茲比的人辦的,你認識他嗎?」

「我就住在他家隔壁。」

「我說啊,聽人家說他是威廉二世[3]的姪子或表親之類的,所以才那麼有錢。」

3威廉二世(Kaiser Wilhelm II)是一次大戰期間在位的末代德國皇帝。

「是嗎？」
她點點頭。
「我滿怕那個人的，可別惹到他。」
然後麥基太太打斷了這則關於我芳鄰的有趣情報，她突然往凱瑟琳一指。
她劈頭說：「賈斯特，我覺得你也可以拍她。」但麥基先生只興味索然點點頭，便又把注意力轉回湯姆身上。
「如果有門路的話，我很想在長島多接點工作，只要有人給我個機會就好了。」
這時韋爾森太太拿著托盤走出來。「問梅朵啊。」湯姆說著，發出一聲短促的狂笑，「她可以幫你寫推薦信，對不對啊，梅朵？」
梅朵一時嚇傻了，便問：「你說什麼？」
「妳幫麥基先生寫一封推薦信給妳老公，讓他幫妳老公拍幾張試拍照。」接著他便在腦袋裡開始胡謅，嘴巴唸唸有詞，「拍一張〈加油站的喬治．韋爾森〉之類的。」
這時凱瑟琳便靠過來，湊在我耳邊低聲說：「他們兩個人都很受不了自己的老公老婆。」

「是嗎？」

「完全受不了。」她瞄了梅朵一眼，又瞄瞄湯姆，「我說啊，如果受不了，為什麼還要住在一起呢？換做是我，就馬上離婚然後跟對方結婚。」

「梅朵也不喜歡韋爾森先生嗎？」

結果居然是梅朵本人回答的，她聽到我問的問題了，她回了一句又狠又髒的話。

「你看吧。」凱瑟琳叫道，一副得意洋洋的樣子，隨即又壓低了聲音，「其實他們不能在一起都是因為他太太的緣故，他太太是天主教徒，不能離婚。」

黛西根本不是天主教徒，我有點驚訝，湯姆這謊扯得還真是謹慎。

凱瑟琳繼續說：「等到他們可以結婚了，他們要到西部住一陣子，等事情平靜。」

「若要小心，還是去歐洲吧。」

「唉呀，你喜歡歐洲嗎？」她冷不防嚷了起來，「我之前才剛去過蒙地卡羅呢。」

「這樣啊。」

「去年才去的，我跟另外一個女孩子一起去。」

「待了很久嗎？」

「沒有，我們去了就回來了。我們從馬賽去的，出發的時候帶了一千兩百多塊美金，結果才兩天就被賭場騙光了，告訴你，我們回來的路上吃了很多苦頭，老天爺，我真的恨死那個地方了！」

有那麼片刻光景，傍晚的天空在窗外全然開展，一如湛藍糖蜜般的地中海。接著麥基太太尖銳的嗓音又將我喚回室內。

「我以前也差點犯錯過，」她精神奕奕向眾人宣告，「我差點沒嫁給一個猶太佬，他追了我好幾年，我知道他配不上我，每個人都跟我說：『露西爾，那男的完全配不上妳啊！』但要不是我後來遇上賈斯特，那男的就要把我追到手了。」

梅朵．韋爾森直點頭，對著麥基太太說：「對，可是妳要知道，至少妳最後沒嫁給那男的。」

「我知道。」

「我卻嫁給那男的了，」梅朵講到自己的事，「這就是我跟妳的差別。」

「那妳幹嘛嫁他呀，梅朵？」凱瑟琳咄咄問道，「當初又沒人逼妳。」

梅朵沉思了片刻。

最後她終於開口：「因為那時候我以為他出身不錯，我以為他還有點教養，沒想到他連舔我的鞋子都不配。」

「妳以前也瘋了似地愛過他一陣子啊。」凱瑟琳說。

「我瘋了似地愛過他！」梅朵不敢置信嚷嚷說，「誰說我瘋了似地愛過他啦？說我愛過他，不如說我愛過那邊那位先生算了。」

她冷不防朝我一指，眾人頓時望向我，好像我做了錯事，我只好盡量用表情表示自己並未參與梅朵的過去。

「我唯一『瘋了』的時候，就是嫁給他的時候，我馬上知道自己做錯事了。他結婚穿的禮服，竟然是跟人家借的，而且還沒告訴我，結果之後有一天，他不在家，人家上門來討，我說：『噢，這套西裝是你的啊？我怎麼不知道呢。』但我還是把衣服給那男的了，之後我躺著大哭了一整個下午。」

「她真的應該離開他。」凱瑟琳又跟我說，「他們住在那家車行樓上整整十一年了，在湯姆之前，她從來沒有別的愛人。」

那瓶威士忌（是第二瓶了）這會兒大家已是輪流倒個沒完，只有凱瑟琳沒碰，她說她「沒喝也感覺一樣暢快」。湯姆打電話給樓下管理員，差他去買一家有名的三明治，那家三明治的份量完全可以充作正餐吃。我三番兩次想抽身去外面，往東邊中央公園的方向散散步，浸沐在輕柔的暮色裡，但我每次想走，便又讓激烈尖銳的辯論纏住，大夥兒的談話就像繩索一樣一直把我綁回椅子上，但對於暗夜街上好奇的行人而言，我們這排高踞在紐約天際的澄黃窗戶，想必貢獻了不少人世的祕密，而我感覺自己也像好奇的行人，正抬頭仰望，困惑思索著。我身處其中，卻又置身事外，聽聞著人事變幻無窮的面貌，我感到既入迷又厭惡。

梅朵把椅子拉到我旁邊，剎時從口中噴出一股熱氣，開始將她和湯姆初遇的故事澆灌而下。

「我們第一次見面是在火車上，在那兩個很窄的位子上，就是面對面、大家都不想坐的那兩個位子。那天我要到紐約找我妹妹，在她那裡過夜。湯姆那天穿著燕尾服和漆皮的皮鞋，我忍不住一直盯著他，可是每次他看我的時候，我就假裝在看他頭頂的廣告。我們下車以後，他站到我旁邊，他胸前的白襯衫蹭著我的手臂，我就跟他說我要叫警察了，但他也知道我是騙人的。我跟他上計程車的時候，心裡興奮得搞不清楚自己上了車，還以為跟平常一樣進了地鐵呢。那時我心裡只一遍一遍地想：『人生苦短，人生苦短哪。』」

後來她轉過去和麥基太太說話，她造作的笑聲響遍了整個客廳。

只聽她高聲嚷道：「親愛的，我這件洋裝穿完了就給妳，我明天就要去買一件新的了。我得把要做的事情都寫下來，要去按摩，要去燙頭髮，要幫狗買一條項圈，還要買一個那種很可愛的迷你菸灰缸，就是裝彈簧的那種，還要去買一個花圈，上面有黑色絲絨蝴蝶結、放整個夏天都不會壞的那種，要放在我媽墳上——我要把這些要做的事全部寫下來，免得之後全忘了。」

這時已是九點鐘，不久後我再看一次錶，立刻又變成十點了。麥基先生已經在椅子上睡著了，他雙手握拳放在腿上，整個人看起來就像一張動作片的劇照。我掏出手帕，抹掉他臉頰上殘餘的肥皂泡沫，那些泡沫讓我整個下午都忍不住分心。

那隻小狗坐在茶几上，一對看不清楚的眼睛在煙霧中打量著，間或輕輕哼唧幾聲。大家不時從視線裡消失又出現，不時討論要上哪兒去，接著便又少了哪位，然後就去找那個人，接著又在幾步外找到哪個人了。到了接近午夜時，只見湯姆·布坎南和韋爾森太太面對面站著，以激昂的語氣在討論事情；他們在討論韋爾森太太有沒有權利講黛西的名字。

「黛西！黛西！黛西！」韋爾森太太叫嚷著，「我想講就講！黛西！黛——」

這時湯姆．布坎南矯捷出手，一掌打斷了韋爾森太太的鼻樑。

接著只見幾條沾血的毛巾扔在浴室地板上，女人們的責罵聲此起彼落，還有一陣斷斷續續的痛苦哭嚎，凌駕在所有混亂之上。麥基先生從瞌睡中清醒過來，昏沉沉朝門的方向走去，等走到一半才轉過身來正眼看了眼前的情景——只見他太太和凱瑟琳兩人在擁擠的傢俱之間走來走去，跌跌撞撞，手裡拿著各式各樣的急救物品，嘴裡又是斥責又是安慰，而沙發上那個絕望透頂的人則鮮血汩汩直流，一邊還費勁拿一份《大城八卦》鋪在沙發的凡爾賽宮織錦圖案上，然後麥基先生便轉身走出門外了。我趕緊從吊燈上把我的帽子拿下來，隨他走了出去。

我們乘著轟隆作響的電梯下樓，麥基先生對我說：「改天一起吃個午餐吧。」

「上哪吃？」

「上哪都行啊。」

「不要摸操縱桿！」電梯小弟厲聲喝道。

「不好意思，」麥基先生很有尊嚴地說，「我不是故意的。」

「好啊，不錯。」我答道。

……後來印象中我站在他床邊，他穿著內衣褲，坐在床上蓋著被子，兩手捧著一本大大的作品集。

「〈美女與野獸〉……〈寂寞〉……〈載貨老馬〉……〈樑下流水〉[4]……」

最後，我躺在寒冷的賓州車站下層，半睡半醒，眼睛盯著早上的《紐約論壇報》，等著四點的火車進站。

---

4 有一說認為這些攝影作品名稱正是尼克這天所見人事物的暗喻。美女與野獸是梅朵和韋爾森先生的關係，寂寞是梅朵（或者也是韋爾森）的狀態，載貨老馬即韋爾森的形象，而樑下流水的英文「Brook'n Bridge」恰好與「打斷的鼻樑」發音相似；此處改譯為「樑下流水」，則是為了讓讀者聯想到「鼻樑下流血」，製造出類似的雙關效果。

# 第三章

整個夏季，我那位芳鄰家中始終樂音飄揚。在他一座座藍色的花園裡，男人女人來去如飛蛾，穿梭在耳語、香檳和群星之間。每天下午漲潮時分，我便看著那些賓客從他浮筏的高台上跳水嬉戲，或躺在他私人海灘滾燙的沙子上曬太陽，他那兩台汽艇則馳騁劃破長島海峽的海水，後頭拉著滑水板，畫出一道道白沫。每到週末，他的勞斯萊斯轎車就搖身成了一輛公共汽車，從早上九點到三更半夜都忙著往返紐約市接送賓客；而他的旅行車則像隻敏捷的黃色小蟲，總是輕盈而急切地前去等每班到站的火車。到了星期一，包含一位額外僱用的園丁，他家一共會有八個傭人，他們會辛勤勞動一整天，拿著拖把、清潔刷、錘子、園藝剪等工具，修補前一晚飽受摧殘的每個地方。

每個禮拜五，紐約一家水果商總會送來五大箱的柳橙和檸檬，而到了禮拜一，這些柳橙檸檬便只剩沒果肉的對切空殼，堆成了一座小金字塔，從後門運出去扔掉。他廚房裡擺著一架機器，能在半小時內榨完兩百粒柳橙，只要有位管家動動大拇指，在那機器的小按鈕上按個兩百次便行了。

他們最少每兩週會訂一次外燴，那批外燴服務的人會從紐約市帶來好幾百呎的帆布和許多彩色燈泡，把蓋茲比那座偌大花園布置得活像棵聖誕樹。自助式的供餐台上裝飾著各色開胃冷盤，五香烤火腿緊挨著各式造型誇張的涼拌沙拉、酥皮香腸捲和如魔法般金黃色的火雞肉。大廳裡設了吧檯，還像真的酒吧一樣在底下安上一條讓人放腳的黃銅桿，吧檯裡備有各式琴酒、烈酒，以及各種許久不見的經典佳釀，他那些年紀輕輕的女客恐怕根本聽都沒聽過這些酒。

樂隊在七點前便翩然抵達，這樂隊可不是單薄的五重奏，而是一支浩大的隊伍，有雙簧管、長號、薩克斯風、維奧爾琴、短號、短笛、高音中鼓、低音中鼓等等。這時海邊游泳的賓客都回來了，在樓上更衣梳妝，從紐約市開來的汽車在車道上整整停了五排，所有大廳小廳和陽台上已滿是花紅柳綠，放眼望去只見各式各樣的新潮髮型，還有連古西班牙卡斯提亞王國也要望洋興歎的各色披肩。此時吧檯已忙得如火如荼，一盤盤雞尾酒在花園裡飄浮穿梭，漸漸地，屋裡屋外的笑語益發歡騰起來，眾人漫不經心聊著八卦，捕風捉影或互相介紹，但往往轉眼便把談過的話題拋諸腦後；女客之間打起照面十分殷勤親熱，然而她們許多連彼此的名姓都不曉得。

大地一步步踉蹌地偏離太陽，燈火則益發通明，此時樂隊奏起澄黃的雞尾酒宴會音樂，唱歌劇似的喧囂人聲也整整高了一個調，歡笑聲每分每秒暢快起來，揮霍濺灑，只要哪個人說了個開心的字眼便隨之傾瀉。人群的組成也變動得更迅速，越來越多客人到來，一團團賓客便膨脹起來，轉瞬間這兒散了一群，那兒又聚起一群。也有人漫遊起來，就是一些十分自信的女孩子，她們在人數較多、較穩定的幾團人之間穿梭，在每個短暫歡樂的片刻中成為團體的焦點，接著又得意洋洋漫步而去，在不停變幻的燈光下，悠遊於更迭的臉孔、人聲和色彩之間。

突然間，在這些吉普賽人似的姑娘之中，一位衣著瑩白得動人心魄的女孩子抓了杯雞尾酒便灌下壯膽，接著就開始擺動雙臂，那模樣宛若知名雜耍藝人福里斯柯[1]，她就那樣在帆布搭的平台上縱情獨舞，眾人短暫靜默了一會兒，接著樂隊首席熱情調整樂曲節奏來搭配那位女孩子，人群便喋喋談論起來，訛傳這女孩就是紅星婕爾妲．葛瑞的替角，出身齊格菲歌舞團。一場狂歡盛宴已然展開。

我相信第一次到蓋茲比家的那晚，我是少數真正獲邀前去的客人，大多數人根本沒收到邀請，都是不請自來的。這些人各自搭著汽車到長島來，最後不知怎地全聚到蓋茲比門前了。他們到了之後，某個認識蓋茲比的人便知會一聲，而後他們整晚的言行舉止便遵循著遊樂園的行為規範，有時他們從頭到尾都沒見到蓋茲比本

---

1 福里斯柯（Joe Frisco）是美國雜耍喜劇家，活躍於二十世紀上半葉。

人，來就只是為了參加宴會，他們帶著一顆簡簡單單的心前來，就能得到縱情狂歡的入場券。

但我確實是被邀請來的。那個週六早晨，一位私人司機走過我家草坪，他身穿知更鳥蛋似的藍制服，替他雇主帶來一張短箋，短箋上的措辭正式得驚人，上頭寫著若我能蒞臨他的「小宴會」，蓋茲比將感到無上的光榮，還說他已見過我好幾次，早想邀我，但因為種種因素，始終遇不到時機——信末簽著「傑伊．蓋茲比」，字跡遒勁有力。

到了週日，我換上一身純白法蘭絨裝，在七點過後踏進蓋茲比家的草坪。我四處瞎逛，在一圈圈素昧平生的人群旁感到不太自在——儘管我不時會看到一些熟面孔，我在往返紐約市的火車上看過他們，不過我馬上很驚訝發現，四周隨處可見年輕的英國人，他們個個穿著正式，臉上神情顯得有些飢渴，且都殷切和一些有身分地位的美國人低聲交談。我想這些人肯定是在推銷債券、保險或汽車之類的。在這一帶賺錢容易，我相信這些英國人就算心有不甘，仍對這點心知肚明，此外想必他們也深信，只要講對話，這些容易錢也能進到他們自己的口袋裡。

我一到便想去問候一下主人，但一連向兩、三個人打聽蓋茲比在哪兒，對方卻都不敢置信盯著我，然後激動表示並不清楚蓋茲比的行蹤，因此我只好躲躲閃閃退到雞尾酒桌那兒，整個花園裡，落單的人只有待在這裡才不會顯出無事可做、無人可找的窘態。

我正打算去喝個酩酊大醉，省得清醒尷尬，這時卻見到卓丹・貝克從房子裡走出來，她站在大理石階梯上，身子微微向後仰，帶著點輕蔑的興味往庭院裡看。

我也顧不得她是否想見到我了，只得趕緊湊過去，以免待會得跟往來的陌生人寒暄客套起來。

我走向她，一邊大吼：「哈囉！」我的聲音穿過花園，似乎大得不太自然。

待我走到她身旁，她心不在焉應道：「我就想你可能會來，記得你說你鄰居就是——」

這時她淡漠拉了拉我的手，示意她等會兒再回來招呼我，旋即把注意力轉到兩位在階梯下停住的女孩子身上；兩位女孩子身上穿著相同的黃洋裝。

她們齊聲大呼：「哈囉！妳沒贏球真可惜。」

她們說的是高爾夫球錦標賽，卓丹在上週的決賽輸了。

其中一位黃衣女孩說：「妳不認識我們，不過我們大約一個月前在這裡遇過。」

卓丹說：「妳染了頭髮。」我心裡一驚，但那兩個女孩子已漫不經心往別處走去了，卓丹那句話便說給了月亮聽，這晚的月亮比平常升得早，肯定像晚餐一樣，是外燴服務的人巧手變出來的吧。卓丹用她纖細、金黃色的手臂勾著我的手，我倆走下台階，在花園各處隨意走。有一個托盤的雞尾酒穿越暮色朝我們晃過來，最後我們找了張桌子坐下，和剛剛那兩位黃衣女孩坐在一塊兒，此外還有三位男士，他們一一向我們自我介紹，但聽起來三位似乎都叫「話說不清楚」先生。

卓丹開口問她旁邊的女孩子：「妳常來參加這個宴會嗎？」

「我上一次來就是認識妳那次。」女孩用機警自信的聲音回答，並轉頭對同行的女伴說：「露西爾，妳也是吧？」

露西爾說沒錯。

露西爾說：「我挺喜歡來這兒的，我這人就是隨便做什麼都好，所以每次來都很開心。上次我來的時候，禮服給一張椅子勾破了，他就問了我的名字跟住址，沒一個禮拜我就收到一個包裹，裡面是一件全新的卡瑞亞[2]晚禮服。」

卓丹問：「那妳收下了嗎？」

「那當然，我本來今天晚上要穿來的，可是那件胸圍太大，還得改一下。那件是火焰藍，配薰衣草紫的珠子，一件要賣兩百六十五美元。」

「會做這種事的人真妙啊，」另一個女孩殷殷說，「他真是誰都不想得罪呢。」

「你們說的是誰啊？」我問。

「蓋茲比啊，有人跟我說——」

那兩個女孩子和卓丹頭湊在一塊兒，十分親密的模樣。

「有人跟我說啊，聽說他殺過人。」

所有人頓時毛骨悚然，那三位「話說不清楚」先生也俯身向前，眼巴巴豎耳細聽。

「我覺得沒到那程度。」露西爾沒買帳，開口反駁：「他應該是大戰期間的德國間諜吧。」

這時其中一位男士也點頭證實。

他很肯定向我們打包票：「我也聽過一個男的這樣說，那男的對他的事很清

2「卡瑞亞」（Croirier's）是作者虛構的服飾店名，或許是模仿珠寶名牌卡地亞（Cartier's）而來，卡地亞正是同年代於美國紐約發跡的品牌。

楚，他們兩個在德國從小就認識了。」

「唉呀，不對，」首先開口的那位女孩又說，「不可能啊，因為他大戰的時候在美軍軍隊裡呀。」我們的信任又轉回那女孩身上，她整個人便興奮往前靠，然後說：「有時他以為旁邊沒人在看的時候，你們趁機看一下他的臉就知道了，我敢保證他一定殺過人。」

她說完便眯起眼睛，顫抖了一下，露西爾也發顫了，大夥兒都轉過頭去看看蓋茲比在哪裡。世上大概很少有事情會讓我眼前這批人覺得需要壓低嗓音討論，然而他們說到蓋茲比，卻是這樣輕聲耳語，由此可見他在人們心中激起多少幻想和臆測了。

這時已開始供應第一頓晚餐（午夜之後還會供應第二頓晚餐），卓丹邀我和她的朋友一起用餐。她的朋友坐在花園另一端的桌子，有三對夫婦，另外還有一位她的護花使者，那護花使者是一位大學生，鍥而不捨追求卓丹，他說話習慣譏諷影射，而且顯然認為卓丹最後多多少少會委身於他，只是早晚的問題。這群人不像其他人四處東拉西扯，而是始終維持著同質性，自視甚高，他們認為自己有責任維持鄉下古板貴族的形象，那就是東卵可以勉強對西卵降尊俯就，但同時仍小心提防西卵璀璨的狂歡氣氛。

我們便這麼瞎耗混了半小時，後來卓丹低聲對我說：「我們走吧，這兒太拘束了。」

我倆便站起來，她向大家解釋我們要去找主人，她說我一直還沒見著他，感覺不大好。那位大學生點點頭，模樣顯得憤世嫉俗，有些抑鬱。

我們先朝吧檯的方向看去，那兒賓客雲集，但不見蓋茲比的人影，卓丹站到台階最高處仍沒見到他，陽台上也沒找著。後來我們偶然發現一道外觀氣派的門，便走進去看看，一看發現是一間挑高的閱覽室，內部是歌德式設計，牆上嵌著雕花的夏櫟木板，整個房間看來似乎是從海外某棟廢棄的古屋原封不動搬來的。

只見一個肥壯的中年人坐在一張偌大的桌子旁，臉上戴著一副巨大的圓框眼鏡，像貓頭鷹眼似的，整個人看起來似乎有些醉意，正目光渙散盯著房裡的書架。我和卓丹走進去後，他倏地轉身，看起來很興奮，還把卓丹從頭到腳打量了一遍。

「你們覺得怎樣？」他魯莽地問。

「什麼怎樣？」

他舉起手往書架揮了揮。

「這些啊。其實呢，你們也不必費心研究了，我研究過了，這些都是真的。」

「你說這些書嗎？」

他點點頭。

「完全是真的——裡頭一頁一頁的，該有的都有，我還以為這些是耐用的紙板做成的假書，可是其實全是真的，一頁一頁的，還有——這個！你們看看。」

他似乎認定我們也和他一樣心存懷疑，整個人箭步衝向書架，拿了本《斯托達德講座》[3]的第一冊來。

「你們看！」他得意洋洋嚷著，「貨真價實的印刷品哪，差點把我騙倒了，這傢伙完全就是大劇作家貝拉斯科[4]啊，太成功了，做得多仔細啊！太逼真了！而且他還知道要點到就好，你們看，連書頁都沒裁開；可是能奢求什麼？還要他怎樣？」

他一把從我手上拿回那本書，趕忙放回架上，嘴裡還喃喃作聲，說這間閱覽室少了一塊磚就可能會塌下來。

他又問：「誰帶你們來的？還是你們自己來的？我是人家帶我來的，大部分客人都是人家帶來的。」

卓丹看著他，臉上有些戒備，但仍眉開眼笑的，她沒答話。

男人繼續說：「帶我進來的是一個姓羅斯福的女人，克勞蒂．羅斯福太太，你們認識她嗎？我昨天晚上不知道在哪裡認識她的；我醉了大概一個禮拜了，剛剛想到或許來閱覽室坐一坐能清醒些。」

「那有用嗎？」

「一點點吧，我想，還不知道，我才進來一個鐘頭而已。我跟你們講過這些書嗎？這些都是真的，每一本——」

「你說過了。」我們和他嚴肅地握握手，然後便走回屋外。

花園裡的帆布平台上現在已是一片舞姿婆娑，老頭子推著年輕女孩向後退，姿態粗野，一圈圈無止盡旋轉，一對對滿懷優越感的男男女女以高難度而時髦的姿勢相擁而舞，在角落跳著，此外還有許多隻身一人的女孩子在獨舞，盡情展現自我，偶爾還讓樂隊休息一下，把他們的班鳩琴和打擊樂器拿來即興一番。到了午夜，歡樂的氣氛益發高漲了，一位大名鼎鼎的男高音唱了一首義大利歌曲，一位惡名昭彰

---

3《斯托達德講座》（John L. Stoddard's Lectures）是斯托達德（John L. Stoddard，1850–1931）所出版的一系列各國遊記。

4貝拉斯科（David Belasco，1853–1931）為知名美國劇作家、戲劇製作人、導演。

的女低音則唱了一首爵士樂曲，而兩首曲目之間則有許多人在花園四處表演各種「特技」，一陣陣愉悅空虛的笑聲冉冉升向夏夜天空。舞台上出現一對雙胞胎，定睛一看，原來是剛剛那對黃衣女孩，她們打扮成嬰兒模樣演了一段戲。香檳酒一杯又一杯倒著，酒杯比餐桌上用來洗手的水碗還大。月亮升得更高了，而飄浮在海灣上的，是一副三角狀的銀色天秤，對著草坪上班鳩琴僵硬微弱的滴答聲微微顫動著。

我還是跟卓丹．貝克走在一塊兒。我倆坐到一張桌子旁，同桌的有一位男士，看上去與我年齡相仿，另外還有一個吵鬧的小女孩，只要什麼人或什麼事稍稍一逗，她便樂不可支大笑出聲。這會兒我已經很能自得其樂，我喝了兩水碗的香檳，現在花園裡的情景在我眼中看來，已變得不像兒戲，而顯得十分重要，非常不膚淺了。

後來花園裡各式節目暫時沉寂下來，那位男士望向我，對我微笑。

「你看起來很面熟，」他用很客氣的口吻說，「你大戰的時候在第一師嗎？」

「唉呀，沒錯，我那時候在第二十八步兵團。」

「我一九一八年六月以前都待在第十六步兵團，難怪我覺得好像在哪裡見過你。」

我們又聊了一會兒，談到在法國時那幾個多雨陰霾的小村，這人顯然是西卵居民，因為他說他剛買下一架水上飛機，明天早上就要玩看看。

「老哥，到時候想一起來嗎？就在海灣岸邊。」

「幾點？」

「看你幾點比較方便。」

我正打算請教他的名字，這時卓丹轉過頭來看見我們在交談，便露出微笑。

「現在可開心了吧？」她問。

「好多了。」我又轉頭對那位剛認識的朋友說：「這宴會對我來說真不尋常，我甚至還沒見到主人呢，我就住在那邊——」我伸出一隻手朝遠處看不見的樹籬揮了揮，「這個蓋茲比派他的司機送了張邀請函給我。」

話說完，他卻看著我好一會兒，好像沒法理解我說的話似的。

「我就是蓋茲比啊。」接著他突然說。

「什麼？」我驚叫，「唉呀，真對不起。」

「我還以為你知道呢，老哥，看來我這主人當得不太稱職。」

他露出一個理解的微笑——不，不僅是理解，是那種使人永遠寬心的笑，世上少有像這樣的笑，你一輩子恐怕只會見到四、五次，這個笑先是（至少看起來是）

面對整個外在的世界片刻，接著便偏愛地專注在你身上，令人難以抗拒。這個笑理解你，卻不逾越你想被理解的程度；它也相信你，恰如你相信自己的程度。這個笑向你保證，它對你的印象，正是你最希望呈現給別人的印象，然後就在這時，這樣的笑容便消失無蹤——這人在我眼裡看來成了一位風姿瀟灑的鑽油小子，看上去約莫三十出頭，措辭講究而拘謹，幾乎到了誇張的程度；早在他還沒說出名字之前，我便強烈感覺到他用字遣辭十分小心翼翼。

蓋茲比先生才剛表明自己的身分，便有位管家急急湊到他跟前，說是有通芝加哥打來的電話請他聽，他淺淺鞠了個躬，向同桌所有賓客致意，這才離開。

「老哥，你需要什麼就儘管開口。」他殷勤對我說，「不好意思，我等會兒再回來。」

他人一走，我立刻轉向卓丹，忍不住想讓她知道我有多吃驚，我先前始終以為蓋茲比先生該是個紅光滿面、身材福態的中年人。

「他是什麼人？」我渴切問，「妳知道嗎？」

「就是一個叫做蓋茲比的人啊。」

「我的意思是他出身哪裡？是做什麼職業的？」

「現在換你對這件事有興趣啦。」她露出一個慵懶的微笑，「這個嘛，他跟我說過，他是唸牛津的。」

我腦裡的蓋茲比背後開始浮現出一個淡淡的背景，但卓丹又說了一句話，那畫面便立刻褪去。

她說：「可是我不信。」

「為什麼不信？」

「不曉得，」她堅持自己的看法，「我就是不覺得他讀過牛津大學。」

她說這話的語氣令我想起剛剛另一位女孩子說的「我覺得他殺過人」，也同樣激起我的好奇心。要說蓋茲比出身於路易斯安那州的沼澤窮鄉，或是紐約市的下東區[5]，我都能相信，因為那是可以理解的，但年紀這麼輕的人，至少在我這沒見過世面的鄉下人看來，年紀這麼輕的人不可能就這樣憑空出現，在長島海峽買下一座宮殿。

「總之，他常舉辦很大的宴會。」卓丹隨即換了話題，充分展現都市人不喜

5紐約下東區當年住的多半是移民和勞工，是較為貧困的地區。

歡談論具體事情的性格，「我喜歡大宴會，比較隱密，小宴會總是一點隱私也沒有。」

這時大鼓轟的一響，樂隊首席的聲音倏地響起，蓋過了花園裡眾人無意義的鸚鵡學語。

他高聲說：「各位先生女士，應蓋茲比先生的要求，我們現在要為各位演奏托斯多夫[6]先生的最新作品，這首曲子去年五月在卡內基音樂廳演出，大獲好評，看過報紙的人就知道，當時非常轟動。」他故意露出愉快而高傲的笑容，然後補了一句：「還真轟動啊。」眾人聽了哄堂大笑。

「這首曲子，」最後他用宏亮的聲音說，「就是托斯多夫的〈世界爵士樂歷史〉。」

托斯多夫作的曲子究竟如何我不清楚，因為曲子一開始演奏，我的目光便已落在蓋茲比身上了，只見他獨自一人站在大理石台階上，帶著讚許的眼神掃視一群群的賓客。他臉上的肌膚黝黑，緊實健美，一頭短髮看起來像每天都修剪過的，我在他身上根本看不到一絲邪惡。我在想，是否因為他沒喝酒，才使他和這些賓客看起來迥然不同，因為我感覺到，似乎賓客越是沆瀣一氣狂歡笑鬧，他的言行就越是端正。〈世界爵士樂歷史〉一曲演奏完畢時，不少女孩子已快活地將頭枕在男士肩上，像小狗般偎著，或是作弄地整個人往後倒在男士懷裡，甚至直接往一群男士中間倒，因為她們知道一定會有人伸手接住，然而卻沒人敢往後倒在蓋茲比懷裡，沒有哪顆法式鮑伯頭會去依偎在蓋茲比的肩上，也沒有人找蓋茲比組個四重奏高歌一曲。

「不好意思。」

蓋茲比的管家突然湊到我們身旁。

「您是貝克小姐嗎？」他問，「不好意思，蓋茲比先生想找您單獨說句話。」

「找我？」卓丹驚呼。

「是的，小姐。」

卓丹緩緩站起身，向我詫異地挑挑眉，便隨著管家走向屋子。我發覺她不管是穿著晚禮服，或是其他各種裝束，那姿態仍像穿著運動服，她舉手投足之間就是帶著某種神氣，彷彿她小時候是在空氣清新冷冽的早晨裡，在高爾夫球場上學會走路

---

6 托斯多夫（Vladimir Tostoff）為作者杜撰的作曲家。

似的。

現在只剩我獨自一人，就快兩點了。有好一陣子，陣陣聲響一直從露台上那個有許多窗戶的長房間裡傳出來，聲音糊成一片，似乎很有意思。卓丹的那位大學生這會兒正和兩位合唱團的女孩子大談產科學問，還直邀我一塊兒聊，我想甩開他，便走進屋裡去了。

樓上這間寬敞的房間裡擠滿了人，兩位黃衣女孩的其中一位，這會兒正在彈鋼琴，有一位身材高挑、滿頭紅髮的年輕女士站在她身旁唱歌，她是一個知名合唱團的團員，這位女士已喝了好幾杯香檳酒，她在高歌的過程中，似乎笨拙地認定所有事都太太太悲傷了，因為她不只在唱歌，同時也在哭，曲子暫歇的地方，全讓她用倒抽喘氣和斷斷續續的嗚咽填滿了，哭完後接著又用顫抖的女高音唱下一句歌詞，淚水自她雙頰潸然落下，只是落得不大順暢，因為眼淚一碰到她那刷著厚厚睫毛膏的眼睫毛，便染成了墨黑色，成了一道道小黑水河，迂迴緩慢淌完剩下的路程。有人打趣建議她唱自己臉上的音符，這女士聽了便雙手一甩，倒在椅子上，深沉沉、醉醺醺睡著了。

「她剛和一個自稱是她先生的人吵了一頓呢。」我身旁的一個女孩子向我解釋。

我環顧四周，這時還沒走的女士們，幾乎都在和自稱是她們丈夫的男人吵架，就連卓丹那群朋友，就是那東卵四人組，這會兒也起了紛爭而分崩離析了；其中一對夫婦的先生跟一位年輕女演員聊了起來，饒富興味，全神貫注，他太太原想淡漠自持一笑置之，但後來完全崩潰，且開始採取側翼攻擊，她不時突然湊到他旁邊，像一只怒光閃動的鑽石般，朝那丈夫的耳朵嘶聲道：「你自己答應我的！」

不願打道回府的可不只有恣意妄為的男士們，此刻門廳裡就有兩位神智清醒的可憐丈夫，和他們大為光火的夫人在那兒，這兩位夫人正微微提高了嗓音在互相聲援呢。

「他每次看我玩得正開心就說要回家。」

「從沒見過這麼自私的人。」

「我們每次都是最早走的。」

「我們也是。」

「呃，今天晚上我們幾乎是待最晚的了，」其中一位男士怯懦地說，「連樂隊都走了半小時了。」

儘管兩位夫人都認為這一切簡直惡劣得令人難以置信，但這場紛爭仍在短暫掙扎後落幕，兩位太太都給抬著抱了出去，腳還不停踢著，就這樣遁入夜色之中。

我在門廳等著拿我的帽子，這時閱覽室的門開了，卓丹．貝克和蓋茲比一起走了出來，蓋茲比還在對她說最後幾句話，神色殷切，但有幾位賓客上前向他道別，他便頓時收斂回拘謹的模樣。

卓丹那夥朋友在門廊上頗不耐煩喊她，但她仍停下腳步和我握手道別。

她對我低聲說道：「我剛聽到的事實在太驚人了，我們剛剛在裡頭待了多久啦？」

「怎麼了？大概一個鐘頭吧。」

「就……總之太驚人了。」她出神地重複道。「不過我才發誓不說出去的，這會兒卻在吊你胃口。」她在我面前一邊優雅打了個呵欠，一面說：「請你再約我吧……就查電話簿……找西格妮．哈華德太太……我姨媽……」她說著便一邊匆忙離去，同時舉起一隻棕色的手，瀟灑快活向我揮手道別，身影隨即隱沒在門邊那群朋友裡面。

第一次登門就待到這麼晚，實在難為情，因此我便加入最後幾位賓客的陣容，和他們一起圍在蓋茲比身邊。我想向他解釋今晚稍早我其實找過他，並且為我在花園裡沒認出他的事向他致歉。

「別放在心上。」他殷殷叮囑，「老哥，你別再想這事了。」然而這個熟悉的稱呼，卻和他輕拍我肩膀要我放心的動作一樣，並沒有給我親近的感覺，他接著說：「還有別忘了我們明天早上要去開水上飛機啊，九點鐘。」

然後管家又在他背後說：

「先生，費城的人打電話找您。」

「好，就來，你跟他們說我馬上來聽……那晚安了。」

「晚安。」

「晚安。」他對我一笑，剎那之間，我待到最後才走似乎便有了意義，成了一件樂事，彷彿他為此已期盼許久。「晚安，老哥……晚安了。」

但我步下台階，才發現這個夜晚還沒結束。離大門約莫五十呎處，有十來部汽車的頭燈正照著奇異而喧囂的一幕，有台車開進了路旁的溝裡，右側朝天，狠狠撞掉了一個輪子，那是台嶄新的雙門跑車，沒兩分鐘前才駛離蓋茲比家的車道；這車輪脫落，是因為有道牆突出了一塊的緣故。這會兒有五、六位私人司機都好奇停下觀望，但這些人的車硬生生擋在路上，後方人車傳來的刺耳喧囂聲此起彼落，已經響了好一段時間，使得眼前已經紛擾不堪的局勢更加紊亂。

一個身穿長版風衣的男人從撞壞的車裡走了出來，就站在馬路正中央，他看看汽車，再看看輪胎，看完了輪胎，又看看身旁圍觀的人，臉上看起來似乎自得其樂，又有點茫茫然的模樣。

「你們看！」他喃喃解釋：「開進溝裡了。」

汽車開進溝裡這件事顯然使他感到無限訝異，而我則是先認出那不尋常的驚奇感，接著才認出那人，他正是夜裡造訪蓋茲比閱覽室的那位先生。

「怎麼會開進溝裡的？」

他聳聳肩。

「我對機械一竅不通。」他說得斬釘截鐵。

「可是怎麼會開進溝裡的？你是撞到那道牆了嗎？」

「別問我，」貓頭鷹眼先生完全想撇清關係，「我對開車不太在行，幾乎不大會，總之就開進溝裡了，我也不知道怎麼搞的。」

「你都不大會開車了，還想在晚上開車。」

「可是我根本沒想什麼嘛，」他氣急敗壞辯解說，「我根本沒想什麼。」

圍觀者聽了這話驚愕不已，頓時一片沉默。

「那你是想自殺嗎？」

「只掉了個輪子算你走運！自己不會開車，還說開車的時候根本沒在想！」

「你們搞錯了，」這位現行犯向大家解釋，「車不是我開的，車裡還有另外一個人。」

圍觀的人聽了這番聲明都大吃一驚，等到跑車的門緩緩推開，大家更是發出一聲長長的「啊——！」久久不斷，圍觀的群眾（這會兒已聚集一整群了）都不由自主向後退，車門推到全開時，還幽幽停住一會兒，接著只見慢慢地，一截截地，有個人從撞壞的車裡走了出來，他面無血色，踉踉蹌蹌，還伸出腳上那隻大大的漆皮舞鞋，試探地在地上踩了幾下。

那幽靈給四周車頭燈的強光照得眼前花白，同時被哼唧不歇的車喇叭按得不知所措，他搖晃著站在原地好一會兒，眼睛才看見了那個穿著風衣的男人。

「怎麼了？」他語氣平靜問說，「我們的車沒油了嗎？」

「你看！」

五、六隻食指都伸出來指著那個遭截肢的輪胎，男人凝視輪胎片刻，接著抬頭往上看，彷彿懷疑車輪是從天而降似的。

「輪胎掉了。」有人向他解釋。

男人點點頭。

「我本來還沒發現車子停了。」

眾人鴉雀無聲，接著男人深呼吸，挺起肩膀，用很堅定的聲音說：「不資

（知）道誰可以跟我講哪裡有加油站？」

這時至少六、七個男人同時開口向他解釋，說輪胎和汽車之間實在已經身首分離了，其中有幾位男士的精神狀態其實沒比他好到哪裡去。

又過了一會兒，那男人又提議：「倒車出去好了，倒著開出去。」

「問題是輪胎已經掉啦！」

他遲疑了一會兒。

「試試看沒差啊。」他說。

這時像貓兒低聲怒嗚般的喇叭聲已漸強升至高峰，而我則兀自轉身，穿越草坪，往家的方向走去，途中我回頭看了一次。一輪聖餐餅似的明月在蓋茲比的房子上瑩瑩閃耀，令人感覺夜晚一如早先的美好，而比起笑語、比起蓋茲比家中此刻仍燈火通明的花園裡那些嘈雜人聲，月光更是持久不墜。這時似乎有一股空虛驀然從那些窗口和高門傾瀉而出，賦予主人身影一種全然的孤立感，只見他站在門廊上，一手高舉，十分莊重揮手作別。

我寫到此處歇筆試讀，知道讀者想必感覺這相隔數週的三個夜晚，似乎佔據了我所有心神，但事實恰恰相反，其實這些不過是一個熱鬧夏季中的偶發事件，直到此時，我絕大多數的心神仍放在自己的事務上，而非這三晚所發生的事。

我大部分時間都在工作。每天一大清早，我便行色匆匆走過紐約下城一道道白裂痕似的街道，一路將自己的身影投射向西，走到誠正信託公司上班。我和其他職員及年輕的債券業務員都算熟，彼此以名字互稱，中午就和這些同事一起用餐，到陰暗擁擠的餐館吃豬肉香腸、洋芋泥、咖啡等簡便的餐點，這期間我甚至和一個女孩子短暫交往過，她住紐澤西市，在會計部門做事；但後來她哥哥開始不時對我投以刻薄的眼神，因此等到她七月一號去休假後，我便讓這段關係自己默默斷了。

晚飯我通常在耶魯同學會吃，不知為何，這是我每天最慘澹的行程，吃完我便到樓上的圖書室去，研讀投資和證券，讀個一小時，算是盡了本分。同學會的俱樂部裡常有幾個愛胡鬧的傢伙，但那些人從不踏進圖書室，所以那裡挺適合做正事。自習結束後，如果夜色醇美，我便會沿著麥迪遜大道散步，走過老茉莉山飯店，行經三十三街，一路走到賓州車站。

我逐漸愛上了紐約，紐約的夜給人一種香豔刺激的感受，眼前隨時晃動著男男女女的身影，車輛川流不息，令人目不暇給，稱心快意。我尤其喜歡到第五大道漫步，在人群中挑出富有情調的女子，然後想像自己只消幾分鐘便能成為她們生活的一部分，而且沒人會知道，沒人會有異議。有時我心裡會幻想隨著她們走到隱蔽街道的角落，來到她們住的公寓，她們轉身對我嫣然一笑，然後便遁入門內，隱沒在溫暖的黑暗中。在這大都會奇幻迷離的暮色中，有時我會感到一股縈繞不去的孤寂，也感受到其他人的寂寞。我見到許多可憐的年輕上班族在店家櫥窗前徘徊，直等到時間差不多了，才上餐館獨自吃一頓冷清的晚餐，年輕上班族就這樣在沉沉暮色裡，揮霍浪擲一整晚和一輩子最動人的時光。

接著到了八點鐘，等到四十幾街的暗巷擠滿轟隆發動要前往劇院區的計程車，這時我又會感覺一顆心直往下沉。計程車停著等待，只見車裡的人兒相依偎，他們唱著歌、笑著，不知正說著什麼笑話，點燃的香菸映著他們模糊不清的姿態。我想像自己也正趕著去狂歡，去分享他們親密的興奮之情；我由衷祝福這些人。

我好一陣子沒再見到卓丹·貝克，但仲夏時卻又重新聯絡上了，起先我和她出去時只是感到虛榮，因為她是高爾夫球星，大家都知道她，但後來我的感覺便不只如此了，我稱不上陷入熱戀，但心裡確實對她起了一種溫柔的好奇心，她面對外在世界總擺出一副百無聊賴的高傲臉孔，似乎是在隱藏著些什麼，裝模作樣的人起初或許是無心，但到了最後往往是想隱藏些什麼。有天，我終於發現她的祕密。那次我們一起北上到瓦立克參加宴會，在主人家住了幾天，期間她向人借了一輛汽車，忘了關車篷，雨把車子淋得全濕透了，事後卻撒謊不認帳，我霎時想起了在黛西家那晚我一直想不起來的那件傳聞，卓丹第一次參加大型高爾夫錦標賽時鬧出一件事，差點就要登上報紙，有人指控她在準決賽時把球從不好的落點挪了位置，這件事幾乎成為醜聞，但在緊要關頭時被壓了下去，因為有個桿弟後來改口翻供，剩下的另一位目擊證人也承認自己或許是一時眼花。但這件事和她的名字自此便留在我的腦海中。

卓丹．貝克總出於本能避開聰明厲害的男人，現在我了解了，這是因為她覺得待在規矩保險的地方比較安全，她這人不老實到了無可救藥的程度，她無法忍受居於劣勢，而且我從她這種排斥的態度猜想，她或許年紀輕輕時就學會耍手段了，這樣才能維持她那冷靜侮慢的笑臉，同時滿足她那副強健神氣的軀殼吧。

這對我來說並沒有什麼關係，女人不老實，沒人會苛責，我只稍微感到遺憾，很快便拋到腦後了，就在那次作客期間，我和她也聊到開車的事，談話內容饒富興味。我們會談起這事，是因為她車開得離一個工人極近，那工人外套上的鈕釦都讓我們汽車的擋泥板給撞掉了。

「妳開車技術爛透了，」那時我嚴詞抗議，「妳要嘛就小心點，要嘛就不該開車。」

「我很小心。」

「妳哪裡小心了。」

「那別人會小心。」她輕鬆說。

「那跟妳開車有什麼關係？」

「別人會避開我呀，」她堅持，「要兩方都不小心才會出事嘛。」

「那如果妳遇到一個跟妳一樣不小心的人呢？」

「希望別讓我遇上，」她回答，「我最討厭不小心的人了，所以我才喜歡你。」

太陽把她灰色的眼眸照得微微瞇起，此時仍直視著前方，但她其實已用這麼一句話改變我倆之間的關係了，那一時半刻之間，我感覺自己似乎真的愛上了她，但我這人思考向來很慢，內心又有許多準則，就像安在欲望上的煞車器一樣，我明白我得做的第一件事，絕對是把家鄉那段糾纏不清的關係先脫離乾淨。當時我仍維持著寫信回去的習慣，一週一封，信末還署名「愛妳的尼克」，但其實我腦海裡唯一的回憶便是那女孩打網球時，唇上那圈鬍渣似的汗珠，儘管如此，對方似乎還抱持著一點模糊的信念，我得先婉轉擊破了，才能真正恢復自由之身。

人生在世，每個人總不禁認為自己至少具備一項美德，而我的美德就是「誠實」：我認識的人之中，只有少數幾位真正誠實，我正是其中之一。

# 第四章

星期天上午，沿海小鎮的教堂鐘聲響起，整個世界和它的女人們[1]便再度來到蓋茲比的華屋，在他的草坪上擠眉弄眼說閒話，好不歡樂。

「他是賣私酒的。」那些年輕女士一面說，一面享用蓋茲比的雞尾酒，欣賞蓋茲比的鮮花。「他以前殺過一個人，因為那人發現他是德國總統興登堡的姪子，還是魔鬼的遠房表親哪。……親愛的，摘朵玫瑰花給我吧，再用那邊那個水晶杯，幫我斟最後一滴酒。」

我曾在一張火車時刻表的空白處，記下那年夏天去過蓋茲比家的客人，那張時刻表現在已經舊了，折痕的地方都快裂了，最上頭印著「本時刻表於一九二二年七月五日生效」，但我仍能讀出上面那些褪成淺灰色的名字。與其聽我概括敘述，你不如就聽聽這些名字，或許更能了解當年是哪些人接受了蓋茲比的殷勤款待，而這些人精心回報他的方式，卻是對他一無所知。

---

1 「整個世界和它的女人們」（the world and its mistress）意為「數不清的男男女女」，此處維持原文的說法，以呈現作者刻意模仿英文習語「全世界的人」（the world and its brother）的語言結構。

那麼，從東卵居民開始，有徹斯特．貝科爾夫婦、利致夫婦[2]，有個名叫本生的人也去過，這人我在耶魯就認識了，另外還有韋伯斯特．西維特，他去年夏天在北方緬因州溺水過世。此外還有霍爾恩必姆夫婦[3]、威利．伏爾泰夫婦[4]，以及布雷克巴克[5]那一家人（他們老聚在一個角落，只要一有人走近，他們便像山羊一樣把鼻子翹起來）。另外還有伊斯梅夫婦，以及克利斯提夫婦（其實是修伯特．奧爾巴赫陪克利斯提的太太一道來），還有艾德格．畢佛[6]（我聽人說他的頭髮在某個冬日午後莫名其妙全白了）。

我印象中，克拉倫斯．安戴夫也是東卵來的，他只來過一次，那次他穿著白色燈籠褲，在花園裡和一個名叫艾提的混混打了一架。從長島更遠地方來的還有契朵夫婦、O．R．P．施拉德夫婦[7]，以及出身喬治亞州的史東沃爾．傑克森．亞伯拉罕[8]，還有費許嘉爾德夫婦和瑞卜利．史耐爾[9]夫婦，史耐爾先生進監獄的三天前才去過蓋茲比的宴會，那時他醉倒在碎石車道上，結果右手給尤麗瑟絲．司魏特[10]太太開車輾了過去。另外鄧西夫婦[11]也來過，還有S．B．懷特貝特[12]，他已經六十好幾了，此外還有莫里斯．A．富林克、海默賀德[13]夫婦、菸草進口商貝魯加和他那幾位女朋友。

來自西卵的賓客[14]，則有波爾夫婦、莫瑞迪夫婦，還有賽希爾．羅巴克[15]、賽

2「利致夫婦」（the Leeches）在原文中也有「水蛭、依賴他人的寄生蟲」之意。

3「霍爾恩必姆」（Hornbeam）這個姓氏的原文由horn和beam組成，而這兩個字在英文俚語中都可用來指涉男性生殖器。

4「威利．伏爾泰」（Willie Voltaire）看起來像是法國名字，但顯然是作者的玩笑之作，因為法文中並不存在伏爾泰這個姓氏。

5「布雷克巴克」（Blackbuck）在原文中有雙重指涉，一是「黑錢」（black bucks），再者也指「印度黑羚」，而印度黑羚學名Antilope cervicapra的cervicapra正是「羊」的意思。

6「艾德格．畢佛」（Edgar Beaver）原文拼字極接近eager beaver（熱切的海狸），在英文中意指工作極為賣力的人。另一可能的隱喻則與性有關，因beaver在俚俗用語和一九二〇到四〇年代的英文中分別意指「女性陰部」和「鬍子」，這兩個意象結合起來，使得下文「頭髮全白」的hair字義變得曖昧不清，因hair其實可指身上任何一處的毛髮。作者究竟有沒有這種促狹之意，只能留給讀者自行解讀。

7 O．R．P．為名字的縮寫，但有一說法認為這三個字母暗指Old Rich People，即已經富裕好幾代的貴族階級，正是典型東卵居民的寫照。

8「史東沃爾．傑克森」（Stonewall Jackson）這個名字令人聯想到美國南北戰爭時南軍的大將湯瑪士．喬納桑．「石牆」．傑克森（Thomas Jonathan "Stonewall" Jackson）。傑克森戰功彪炳，因此得到「石牆」的稱號。

9「瑞卜利．史耐爾夫婦」（the Ripley Snells）原文發音近似「臭得熟透」（ripely smells）。

10「司魏特」（Swett）原文發音和「流汗」（sweat）相同。

11「鄧西夫婦」（the Dancies）的原文發音近似「傻瓜、笨學生」（dunce）。

希爾・舒恩、州參議員古立克，以及牛頓・歐季得，他就是卓越電影公司背後的大老，另外還有艾可豪斯特、克萊德・柯恩、S・舒瓦茲先生[16]（他是兒子），以及亞瑟・麥卡帝，這些人都算是電影圈的人。此外還有凱特利浦夫婦、彭帛夫婦，以及G・爾歐・馬奧登，他和後來那個把太太勒死的馬奧登是兄弟。另外那個專門替新企業募集資金的達馮大諾也常去，還有艾德・勒古司、詹姆士・B・法瑞特[17]（外號叫「搞鬼仔」）、德榮夫婦以及厄尼司特・李立[18]，他們幾個是來賭博的，如果看到法瑞特晃到花園去，那就代表他又輸光了，隔天聯合牽引公司的股價又得波動一番，好讓他把錢撈回來。

有個姓克力卜史普林格[19]的男人老待在蓋茲比家，所以後來大家都管他叫「住宿生」——我懷疑他根本沒別的地方可住。至於戲劇圈的人，則有葛斯・魏茲、哈洛斯・歐唐諾文、萊司特・梅爾、喬治・達克魏得[20]和法蘭西斯・卜歐[21]。其他從紐約市來的還包括克拉姆夫婦、貝可海森夫婦、鄧倪克夫婦、羅素・貝帝、科瑞岡夫婦、凱樂賀夫婦、杜瓦夫婦、史考利夫婦、S・W・貝奧區[22]、史默克夫婦[23]，以及年輕的昆恩夫婦（現在已經離婚了），另外還有亨利・L・蒲梅鐸[24]，他後來在時代廣場的地鐵跳軌身亡。

班尼・麥克連拿漢每次現身總帶著四個女孩子，其實每回都是不同的女孩子，

12 「懷特貝特」（Whitebait）在英文中是「魩仔魚」之意。

13 「海默賀德」（Hammerhead）在原文中除了指「雙髻鯊」，也引申有「愚笨」之意。

14 在這份東西卵的賓客名單中，觀察原文所列的姓名可發現，東卵居民的姓氏多源於西歐，來自西歐的美國移民正是當時社會地位較高的仕紳貴族；而西卵居民的姓氏則為東歐、愛爾蘭、猶太裔等居多，這些族群在當時的美國社會也較受到輕視。

15 「羅巴克」（Roebuck）在英文中原意為「西方狍」，是一種遍布歐洲各地的鹿。

16 原文中S．舒瓦茲先生的「先生」使用西班牙文的說法（Don），點出此人為西班牙裔。

17 「法瑞特」（Ferret）在英文中原意為「雪貂」，帶有狡猾、小偷的負面形象。

18 「厄尼司特」（Ernest）原文接近「誠摯」（earnest），李立（Lilly）則令人聯想到英文中的百合（lily），予人純潔無瑕的印象，此處似乎帶著反諷意味。

19 「克力卜史普林格」（Klipspringer）在英文中原意為「山羚」。

20 「達克魏得」（Duckweed）在英文中原意為「浮萍」。

21 「卜歐」（Bull）在英文中原意為「公牛」。

22 「貝奧區」（Belcher）原文中隱含「打嗝」（belch）一字。

23 「史默克」（Smirke）原文令人聯想到「自鳴得意傻笑」（smirk）一字。

24 「蒲梅鐸」（Palmetto）的英文原意為「美洲蒲葵」。

但每個看起來都一模一樣，不免讓人以為她們先前來過，她們的名字我如今已記不清楚，大概是賈桂琳或康斯薇拉那類的名字，再不然就是葛羅瑞亞、茱蒂、茱恩之類的，至於姓氏，要嘛就是花卉名或英文月份那類悠揚悅耳的字，要嘛就是美國一些大資本家那種比較嚴肅的姓氏，只要一有人逼問，她們就會招認自己正是某資本家的親戚。

除了上述這些人以外，我還記得芙絲蒂娜．歐布萊恩也至少去過一次，另外去過的還有蓓狄克[25]家的幾個女孩子，還有小布魯爾[26]，那人的鼻子在戰爭中被人開槍打掉了，此外還有歐布洛克斯柏格先生、他的未婚妻哈哥小姐[27]，還有雅爾帝達．費茲彼得夫婦，另外P．朱伊特先生也來過，他曾當過美國退伍軍人協會會長，此外克勞蒂雅．西琵小姐也來過，她和一位男士來，大家都說那位先生是她的私人司機。還有一位某國的王子也來過，我們大夥兒都叫他「公爵」，他的名字我就算聽過，如今也忘了。

那年夏天，以上這些人都曾到蓋茲比家作客。

†

七月下旬某天上午九點鐘，蓋茲比那輛漂亮的車開上我家那凹凸不平的石子車道，顛顛簸簸開到我家門前，三音階的汽車喇叭倏地鳴出一陣旋律。這是他第一次來找我，而我倒已經去過他的宴會兩次了，也搭過他的水上飛機，另外因為拗不過他的殷殷邀請，還時常去使用他的私人海灘。

「老哥，早啊，既然你今天要跟我一起吃午飯，我想說我們就開車一道去吧。」

他說這話時，身子撐在汽車儀表板上，動作卻顯得極矯健，那模樣實在是太典型的美國人了，這樣的特色，我猜想是因為美國人年少時沒做過粗活，也沒習慣正襟危坐，另外更是因為我們那些時不時就參與刺激的運動比賽，陶冶出一種難以言傳的自在姿態，這種特質不斷從他看似一絲不苟的行止間流露出來，使他顯得躁動不安，他從未真正停住不動，總是一會兒用腳拍拍地板，一會兒把手攤開又握起

25「蓓狄克」（Baedeker）在英文中亦指「旅遊書」。

26「布魯爾」（Brewer）的英文意為「釀啤酒者」。釀酒人的嗅覺理應極其敏銳，此處可見作者巧思。

27「哈哥」（Hagg）的原文近似於「醜陋討厭的老女人」（hag）。

的。

他發現我一臉欽羨凝望著他的汽車。

「車子很漂亮對吧，老哥？」他跳下車，好讓我看個清楚，「你之前沒看過我這輛車嗎？」

我早看過了，所有人都看過了，這輛車呈濃郁的奶油色，鍍鎳飾條耀眼奪目，車身碩長無比，車裡這兒突一塊、那兒突一塊的，耀武揚威地裝了各式箱櫃，放帽子、擺餐點、收納工具的，應有盡有，此外車子還裝了重重疊疊的擋風玻璃，上頭反射映著十幾個太陽。我們坐進這層層玻璃罩著的皮革溫室，出發進城去。

過去一個月以來，我和他或許聊過五六次了，我很失望發現，他肚子裡的墨水其實不多，他原先給我的感覺像是位深藏不露的大人物，但那個第一印象已逐漸褪去，現在他在我心裡不過是隔壁那家豪華飯店的老闆罷了。

再來又加上這次乘他的車不大自在的事。我們都還沒開到西卵鎮上的時候，蓋茲比說話的措辭雖然仍優雅，但每句話卻開始有頭沒尾了，還一直猶疑不決用手拍打他那焦糖顏色西裝長褲的膝蓋處。

「噯，老哥。」他突然開口，讓我嚇了一跳，「你到底覺得我這人怎樣？」

我有些不知所措，不過還是針對他的問題，開始說出一番籠統閃爍的描述。

我話說到一半，他便打岔：「呃，我想告訴你我生平的一些事情，我不希望你聽了那些傳聞而對我有誤解。」

原來客人在他家閒聊時所說的那些稀奇古怪的指控，他是知情的。

「我對著上帝發誓，」他突然舉起右手，以天譴立誓，「我是中西部有錢人家的子弟，家裡人現在全都過世了。我在美國長大，不過是在牛津大學受的教育，因為我家世世代代都在牛津受教育，這是家族傳統。」

他說完便斜眼打量我，這時我明白為什麼卓丹．貝克會認為蓋茲比是在撒謊了，他說「在牛津大學受教育」這句話時，說得極為倉促，又像是想把這句話嚥下去，又像是給噎住了，好像這事讓他很不好受似的。我一有了這份懷疑，他整番說法在我心裡便潰不成軍了，我不禁思索他這人是不是確實有些邪惡之處。

我佯裝不經意問說：「你家在中西部的哪一帶？」

「舊金山。」

「了解。」

「我所有親戚都死了，留給我很大一筆錢。」

他說這話的語調嚴肅，彷彿整個大家族竟徹底滅族的記憶仍揮之不去，我一時還懷疑他是不是在尋我開心，但我瞄了他一眼就知道他並無此意。

「後來我就像個年輕的印度大君，在歐洲各國的首都四處為家，去巴黎，去威尼斯[28]，去羅馬。那時候我蒐集珠寶，尤其是紅寶石，也打獵，打大型動物，還畫過一點畫，都是做自己想做的事，設法忘記很久以前發生的傷心事。」

我根本不信他說的話，好不容易才憋住沒大笑出聲。我聽到這番陳腐老套的說詞，腦裡唯一能浮現的形象便是一個戲偶般的「角色」，頭上裹著頭巾，全身上下都在掉木屑，在巴黎的布洛涅森林裡追著一隻老虎跑。

「接著，戰爭就爆發了，打仗對我來說是很大的解脫，我一心想死，可是這條命卻像被施了法一樣，硬得很。大戰一開始，我擔任的是陸軍中尉，打阿爾岡森林那場仗的時候，我帶著機槍營的殘餘部隊往前攻，我們衝的速度之快，跟兩邊都隔了半哩遠，步兵根本沒辦法趕過來，我們就一百三十個人，只有十六把路易士機槍，整整在那裡撐了兩天兩夜，等到步兵隊終於趕到，他們在敵人整堆的屍體裡一共找到德軍三個師的徽章。我升成了少校，所有協約國都頒勳章給我，連蒙特內哥羅都有，就是亞得里亞海上那個小小的蒙特內哥羅啊，連他們都頒勳章給我！」

小小的蒙特內哥羅！他講這幾個字時，語調特別高昂，還點了點頭，臉上甚至漾起笑容，這笑似乎表示他領會了蒙特內哥羅艱辛的歷史，對該國人民的英勇奮鬥也感同身受，能理解這個國家複雜的國情，明白他們為何會打從溫暖的小心房裡對他致上這番敬意。此時我內心的懷疑完全讓著迷淹沒，感覺就像短時間內瀏覽了十幾本雜誌。

他把手伸進口袋，接著一枚掛在緞帶上的金屬片便落在我手裡。

「這就是蒙特內哥羅頒給我的勳章。」

我很訝異，因為這枚勳章看起來似乎貨真價實，邊上有排繞成圓形的外文字，寫著「丹尼洛勳章——蒙特內哥羅·尼古拉國王」。

「你翻到背面看看。」

「傑伊·蓋茲比少校，」我把上頭的字唸出來，「勇敢當先。」

「還有這個我也一直帶在身上，這是我在牛津時期的紀念，在三一方庭拍的，我左手邊那個人現在是唐卡斯特伯爵了。」

這張照片中有五、六位年輕人，他們穿著團體服外套，在一道拱門下悠閒站著，可以看見拱門後豎立著許多尖塔，蓋茲比就在照片裡，看起來比現在年輕些，

---

28事實上威尼斯根本不是義大利的首都。

但相差不多，他手上抓了根板球球棒。

所以他說的都是實話了。突然間，我看到了他在威尼斯大運河的宮殿裡頭那一張張赤灼耀眼的虎皮；我看到了他掀開一只大箱，裡頭的紅寶石閃耀著豔紅光澤，撫慰著他那被憂思啃蝕的破碎心靈。

「我今天想請你幫個大忙。」他說，稱心如意地把那兩件紀念品放回口袋，「所以我才想把我的一些事告訴你，我不希望你覺得我只是某個無名小卒。你知道嗎，我身邊常常都是陌生人，因為我想忘記從前那件難過的事，所以一直四處漂泊。」他停下來猶豫了一會兒，「這件事你今天下午就會知道了。」

「吃午飯的時候嗎？」

「不是，等到下午的時候。我碰巧知道你要帶貝克小姐去喝下午茶。」

「你是想告訴我，你愛上貝克小姐了嗎？」

「不，老哥，沒那回事，不過貝克小姐很好心，她答應要幫我跟你提這件事。」

他說的「這件事」究竟是什麼，我壓根兒沒概念，但對於這事，我的感覺是心煩多過於好奇，我約卓丹去喝下午茶，可不是為了要討論傑伊・蓋茲比先生的。我深信他要我幫的忙，必定是一件天大的事，有片刻我心中實在後悔當初踏上他家那人滿為患的草坪。

蓋茲比沒再說話了。我們越靠近市中心，他越顯得端正自持，車子經過了羅斯福港[29]，我們瞥見許多船腰上漆著鮮紅油漆、正要出海的船隻，接著車子便沿著一個地面鋪著碎石子的貧民窟超速前進，這貧民窟旁有成排光線昏暗的老式酒館，多半從十九世紀那已經褪色的流金年代營業至今。接著灰燼之谷便在我們兩旁展開，經過那間車行時，我還瞧見韋爾森太太在加油機旁揮汗替客人加油，她氣喘吁吁，看上去生氣勃勃。

汽車兩側的擋泥板像羽翼般延展開來，我們便這樣飛馳過半個阿斯托利亞[30]，沿途閃耀著光芒——只有半個沒錯，因為當我們在高架鐵路的柱子間拐彎穿梭時，我便聽到熟悉的摩托車「噗——噗——噗」的聲響，只見一位警察抓狂似地騎在我們旁邊。

---

29紐約實際上並無羅斯福港（Port Roosevelt），應為作者杜撰。

30阿斯托利亞（Astoria）位於紐約市皇后區的西北部。

「好吧，老哥。」蓋茲比喊道，並把車速放慢，然後從皮夾裡拿出一張白色卡片，在警察面前揮了揮。

「是是是，」只見那警察連聲稱是，並抬起頭上的帽子向他致意，「我下次就認得您了，蓋茲比先生，不好意思！」

「那張是什麼？」我問，「是牛津大學的照片嗎？」

「我之前剛好幫過警察局長一個忙，後來他每年都會寄聖誕卡給我。」

車子開到大橋上，陽光從橋樑鋼架間灑落，照耀在行進的車輛上閃爍不休，整個紐約市在河的對岸拔地而起，宛如許多白色小丘和方糖，是人們以正當乾淨的錢懷著希望打造出來的。從皇后大橋上看紐約，永遠都像第一次見到，能感受這世上所有的玄奧與美麗，一如這個城市最初對你的熱切承諾。

一個死人經過我們身旁，他躺在一輛滿載鮮花的靈車上，後頭緊跟著兩輛窗簾緊閉的轎車，再後面還有幾輛看起來沒那麼陰鬱的轎車，裡頭坐的是朋友。這些死者的友人看向車窗外，凝視我們，個個有著悲戚的眼神和南歐人典型的短上唇；我很高興他們在這愁苦的假日中，至少欣賞了蓋茲比這輛富麗的汽車。我們橫跨布萊克威爾斯島[31]時，一輛豪華禮車從我們旁邊飛馳而過，裡頭駕駛的司機是個白人，三位乘客則是打扮時髦的黑人，分別是兩個小伙子和一個女孩子，他們朝我們高傲地轉了轉眼珠子，帶著較勁的意味，我不禁大笑出聲。

「過了這座橋，什麼都可能出現，」我心想，「真的是什麼都可能出現……」

連蓋茲比這樣的人都出現了，絲毫不足為奇。

✝

正午的太陽熊熊燃燒，我和蓋茲比約在四十二街一家有涼爽風扇的地窖餐廳用餐。我從豔陽高照的街上進到室內，眼睛眨了眨，才模模糊糊在候客室認出他的身影，他正在和一位男士說話。

「卡洛威先生，這位是我朋友渥夫斯罕先生。」

這位個子小、鼻子塌的猶太人抬起大大的頭打量我，他兩個鼻孔裡的鼻毛都快活伸展著，我在昏暗的燈光下，過了半晌才終於找著他那雙小眼睛。

渥夫斯罕先生熱忱握著我的手，並說：「——那時候我看了他一眼，結果你猜

31布萊克威爾斯島（Blackwell's Island）為羅斯福島的舊稱。

我怎麼著？」

「怎麼了？」我有禮貌地配合著問。

但他顯然並不是在對我說話，因為他隨即放下我的手，轉向蓋茲比，他那生動的大鼻子整個蓋住了蓋茲比的臉。

「我把錢拿給凱茲波，然後縮（說）：『好，凱茲波，他嘴再不閉上，就一毛錢也不要給他。』他當場就閉嘴了。」

蓋茲比一手挽著渥夫斯罕，一手挽著我，往前走進餐廳裡，這時渥夫斯罕先生把說到嘴邊的一句話吞了回去，陷入恍惚出神的狀態。

「喝威士忌調酒嗎？」餐廳領班問道。

「這餐廳不錯，」天花板上畫著長老派教會風格的少女圖樣[32]，渥夫斯罕先生邊望著少女圖邊說，「不過我更喜歡對街那家！」

「對，幫我們上威士忌調酒。」蓋茲比答道，接著對渥夫斯罕先生說：「那家太熱了。」

「沒錯，又熱又小，」渥夫斯罕先生說，「可是有很多回憶啊。」

「你們說的是哪家店？」

「老都城。」

「老都城，」渥夫斯罕先生陰鬱沉思道，「在那裡的朋友死的死、走的走，很多朋友都永別啦。我這輩子怎麼也忘不了的就是洛西．羅森陶給一槍打死的那晚。那天我們這桌坐了六個人，洛西整晚吃很多也喝很多，到了快天亮的時候，服務生走到他旁邊，臉上表情真夠怪的，他說外頭有人想找洛西說話，洛西說：『好唄。』然後就準備要站起來，但是我把他壓回椅子上。」

「我說：『那些混帳要找你的話，就自己進來這裡，可是我說真的，你不要離開這個餐廳。』」

渥夫斯罕繼續說：「那個時候已經清晨四點鐘了，如果我們把百葉窗掀開，準能看到太陽。」

「那他出去了嗎？」我一派天真問道。

「他當然出去了。」渥夫斯罕先生的大鼻子氣憤地朝我這邊晃過來，「他走到

32原文為Presbyterian nymphs，關於此字的意思眾說紛紜，應是費茲傑羅故意使用，來諷刺渥夫斯罕的暴發戶品味。

門邊的時候還轉頭說：『叫服務生不要收走我的咖啡啊！』然後他就走到外面人行道上，那幫人朝他吃得飽飽的肚子開了三槍，就開車走了。」

我記起當年這則新聞，便說：「他們有四個人都坐上電椅處死了。」

「是五個，還有貝科爾。」他饒富興味轉過頭來，那對鼻孔朝著我，「聽縮（說）你想棗（找）關係做生意啊。」

這兩件不相干的話給他這麼湊在一塊，我聽了嚇一跳，蓋茲比替我回答：「噢，不是，不是他。」他趕忙驚呼。

「不是他？」渥夫斯罕先生似乎顯得很失望。

「他只是我的一個朋友而已，我說過那件事我們之後再說。」

「不好意思，」渥夫斯罕先生說，「我搞錯人了。」

接著美味多汁的肉末洋芋泥送上來，渥夫斯罕先生立刻把老都城的感傷氛圍拋到腦後，猙獰大嚼起來，吃相真是好不斯文，同時一雙眼睛還緩緩往四周巡視，最後甚至轉過頭去視察正後方的客人，視線整整繞了一圈。我想要不是我在，他或許會連這張桌子底下也瞧一瞧吧。

「噯，老哥，」蓋茲比湊過來對我說，「今早在車上恐怕讓你不高興了吧。」

他再度露出那獨特的笑容，只是這回我堅持住了，沒給打動。

「我不喜歡神神祕祕的，」我回答，「而且我搞不懂，你為什麼不老實告訴我你想做什麼，為什麼非得透過貝克小姐？」

「噢，不是什麼見不得人的事。」他向我保證，「你知道，貝克小姐是一位了不起的運動家，不正當的事她絕不會做。」

接著他突然看了一下錶，猛然站起身便匆匆走出去，留我和渥夫斯罕先生坐在原位。

渥夫斯罕先生望著蓋茲比的背影對我說：「他去打電話，他這傢伙不錯，對吧？模樣生得俊，出身又好。」

「是。」

「他是唸『扭』津的。」

「喔！」

「他讀的是英國的『扭』津大學，你知道『扭』津大學嗎？」

「我聽過。」

「『扭』津是世界上很有名的大學。」

「您認識蓋茲比很久了嗎？」我問道。

「幾年了吧。」他用欣慰的語氣回答，「我有幸認識他，這是大戰結束後的事，不過我跟他大概聊了一個鐘頭，就知道這個人一定出身很好，那個時候我對自己說：『這就是可以帶回家介紹給媽媽和姊妹認識的那種人啊。』」他說到這裡停了一下，「你在看我的袖扣啊？」

我原本沒在看，經他這麼一提倒是看了起來，他的袖扣看起來是象牙製的，可是材質看起來卻怪眼熟的。

「這是上好的臼齒標本，人的牙齒。」他告訴我。

「這樣啊！」我仔細端詳一番，「挺有趣的。」

「對啊。」他把袖口在大衣下摺了起來，「對，蓋茲比對女人非常規矩，朋友的太太他連瞄都不會瞄一眼。」

後來這位他出於本能信任的主角回來坐下了，他猛然把咖啡一飲而盡，隨即站起身。

他說：「我午飯吃飽啦，先走了，讓你們年輕人自己聊，我再待就惹人嫌囉。」

蓋茲比開口：「梅爾，再坐一會兒嘛。」但他的語氣並不怎麼殷勤，渥夫斯罕先生把一隻手舉起來，像在為我倆祝禱似的。

他嚴肅對我們說：「你很周到，可是我跟你們是不同世代的，你們兩個就坐在這裡聊球賽、聊女人，還有聊——」他又擺擺手，算是打發掉那句想不出來的話，「我咧，我這五十歲的老頭兒就不煩你們了。」

他和我們握手道別，他轉身離去時，那哀戚的大鼻子竟在顫抖，我不知道自己剛剛是否說了什麼得罪他的話。

蓋茲比解釋：「他這人有時候會很感傷，今天也是。他在紐約是個大人物，常待在百老匯那一帶。」

「那他到底是什麼人，演員嗎？」

「不是。」

「那是牙醫嗎？」

「梅爾．渥夫斯罕是牙醫？不是，他是個賭徒。」蓋茲比遲疑了一會兒，然後冷靜補了一句：「一九一九年世界大賽的假球案就是他搞的。」

「世界大賽的假球案就是他搞的？」我不禁把他的話重複一遍。

我十分震驚，我當然記得一九一九年世界大賽的假球案，但我充其量只感覺這件事好像是自己發生的，是一連串不可抗力的事情所導致的結果，我從沒想過有一個人可以操弄五千萬人所相信的事，就憑著竊賊把保險箱炸開的那種專心致志。

過了片晌，我問：「他怎麼辦到的？」

「就是正好有個機會。」

「那他為什麼沒坐牢？」

「他們抓不到他啊，老哥，他是個聰明人。」

後來我堅持付了帳，服務生把零錢拿過來時，我一眼瞥見湯姆．布坎南就在這擁擠餐廳的另一頭。

「你跟我來一下，我去跟人打個招呼。」我說。

湯姆一見到我們便霍地起身，朝我們走了五、六步過來。

他劈頭就問：「你最近都到哪裡去啦？你都沒打電話來，黛西很生氣。」

「這位是蓋茲比先生，這是布坎南先生。」

他們匆匆握了手，這時蓋茲比臉上掠過緊繃尷尬的神色，我很少見到他這個樣子。

「那你最近到底怎麼了？」湯姆咄咄問，「你怎麼跑到這麼遠的地方來吃飯？」

「我跟蓋茲比先生來這裡吃午餐。」

我轉向蓋茲比先生，但他卻已不見人影。

（以下是當天下午我跟卓丹到廣場飯店的午茶花園時她說的話，當時她整個人在直背椅上坐得直直的。）

那時是一九一七年十月的某一天——那天我要去某個地方，正在路上走，一會兒走在人行道上，一會兒又走到草坪上；我比較喜歡走在草坪上，因為那天我穿了一雙英國的鞋子，鞋跟上有橡皮材質的小疙瘩，會在軟軟的地上釘出一個個印子。那天我還穿著一件新的格子花呢裙，風把裙子吹得微微撩起，每次裙子又被吹起來時，家家戶戶門前紅白藍的三色旗就都攤開來，責備地發出「嘖嘖嘖」的聲音。

最大的旗子和最大的草坪都是黛西．費伊他們家的，那時黛西不過十八歲，長我兩歲，絕對是路易維爾地方上最受歡迎的女孩子。她總穿著白色衣裳，開著一輛白色的敞篷小跑車，家裡電話一天到晚響個不停，都是泰勒營的年輕軍官，個個興奮拜託她賞賜他們獨處一晚的特權，「不然一個鐘頭也好！」

那天早上，我走到她家對面的時候，看到她那輛白色敞篷車停在路邊，她和一位我從來沒見過的中尉坐在車子裡，他倆的注意力全放在彼此身上，所以我走到距離一、兩公尺的地方，黛西才瞧見我。

沒想到她竟然出聲喚我：「嗨，卓丹，妳來一下好嗎？」

黛西想跟我說話，我真是受寵若驚，因為在那些年紀比較大的女孩子裡，我最崇拜的就是她了。她問我是不是要去紅十字會幫忙做繃帶，我說對，她說那我能不能幫她跟大家說她今天不能去呀？她說話的時候，那位軍官望著她的那模樣呀，每個女孩子都希望有人能那樣看著自己的，也就因為我覺得那一幕實在浪漫，所以到現在都忘不了。那軍官名叫傑伊．蓋茲比，在那之後我有超過四年的時間都沒見過他——甚至後來在長島又遇上的時候，我也沒意識到這兩人是同一個人。

那是一九一七年的時候，過了一年，我自己也有幾位男性朋友了，也開始參加錦標賽，所以就不常有機會見到黛西。她不大跟人出去，偶爾出去的時候，都是跟年紀大一些的人，關於她，開始出現許多亂七八糟的謠言。大家說那年冬天有個晚上，她母親發現她在收拾行李，準備去紐約跟一個要到海外的軍人道別，她家裡人不讓她去，結果後來她好幾個星期都不和他們說話呢。在那之後，她就不和那些軍人廝混了，只跟城裡一些有扁平足啊、近視眼那些不用當兵的年輕人出去。

隔年秋天，她又開朗起來了，比之前還要開朗。大戰的雙方簽訂停戰協定以後，她正式進入社交圈，二月的時候，她似乎和一位紐奧良的男士有了婚約，但到了六月她就和芝加哥來的湯姆．布坎南結婚了。湯姆的氣派之大，經濟狀況之好，完全超出路易維爾人的想像，他家包下四節商務車廂，總共載了一百個人南下觀禮，還在路易維爾的希爾頓飯店包下一整層樓。婚禮前一天，他送給黛西一串珍珠項鍊，價值三十五萬美金。

我是黛西的伴娘，要舉行準新娘送禮晚宴的半小時前，我進去她房裡，看到她穿著花洋裝，看起來和那個六月天的晚上一樣美，整個人躺在床上，醉得像猴子似的，她一手拿著一瓶索泰恩法國白葡萄甜酒，另一手裡揣著一封信。

她喃喃低語：「快恭喜我呀，我從來沒喝過酒，現在才知道喝酒真痛快。」

「黛西，發生什麼事了？」

我跟你說，我當時真是嚇壞了，從沒見過有哪個女孩子家喝成那樣的。

「拿去，親愛的。」她在拿到床上的字紙簍裡摸索一陣，掏出那串珍珠項鍊，「拿到樓下去，該給誰就給誰，跟大家說黛西反悔了，說『黛西反悔啦！』」

接著她就開始哭了，哭得沒完沒了。我趕忙衝出去，找到黛西母親的女傭，我們兩個把房門鎖了，讓黛西泡冷水澡，她一直死命抓著那封信，還把信拿到浴缸裡去，捏成了一團濕淋淋的球，直到看到信紙碎成了雪片似的，才讓我把信扔在肥皂盤裡。

但後來她便沒再說什麼了，我們讓她聞阿摩尼亞精，給她冰敷額頭，然後幫她重新套上洋裝，半小時後我們走出房間，她脖子上戴著那串珍珠，這件事總算落幕。隔天下午五點她便嫁給了湯姆．布坎南，眼睛也沒眨一下，婚禮結束後就出發到南太平洋，展開三個月的蜜月之旅。

他們回來後，我們在聖塔芭芭拉碰過面，那時我感覺這輩子從沒見過其他女孩子對自己的先生這麼痴狂，每次只要湯姆走出去一會兒，她就忐忑四處張望說：「湯姆上哪兒去了？」然後臉上便露出心不在焉的神情，直到看見湯姆走進來才會恢復正常。那時候她會坐在沙灘上，讓湯姆的頭靠在她大腿上，一躺就是個把鐘頭，她會用手指頭輕拂過他的眼睛，帶著誰都沒辦法琢磨的喜悅看著他。看著他們會讓人很感動，任誰見了都會著迷，會忍不住要偷偷笑出聲來。那時是八月。我離開聖塔芭芭拉的一個星期後，有天晚上，湯姆開車在文圖拉公路撞上一台運貨馬車，把他汽車的一個前輪都給撞掉了，坐在他車上的那個女孩子也一起上了報，因為她一隻手臂撞斷了——那是一個在聖塔芭芭拉飯店打掃房間的女傭。

隔年四月，黛西生下女兒，他們一家人去了法國一年。我春天的時候在坎城見過他們一次，然後在多維爾又碰過一次面，後來他們便回到芝加哥定居了。你知道的，黛西在芝加哥很受歡迎，他倆跟一群愛玩的人往來，那些人個個又年輕又有錢，玩得也兇，可是黛西的名聲始終清清白白，可能是因為她不喝酒吧，在一群酒喝得兇的人裡面，不喝酒是有好處的，這樣就不會失言，而且更重要的是，就算想做一點點不規矩的事，也可以抓到對的時機去做，大家醉昏了頭，就看不到也管不了你做了什麼事。也許黛西從來沒有真的偷情過，可是她跟人說話的嗓音總帶著那麼點意味……

反正，大概六個星期以前，她經過這麼多年，再一次聽到蓋茲比這個名字，你還記得嗎？就是我問你認不認識西卵的蓋茲比的那次。你回家之後，黛西走到我房裡，把我叫醒說：「那個蓋茲比是誰？」我就把他描述了一番，還半睡半醒的，只見黛西用奇怪至極的語氣說，這人一定是她以前認識的人。直到那時我才意識到，這個蓋茲比就是當年在黛西白色跑車裡的那位軍官呀。

†

等卓丹・貝克從頭到尾說完，我們已離開廣場飯店半個鐘頭了，這會兒正坐著雙人座的四輪敞篷馬車，準備穿越中央公園。太陽落下了，隱沒在西五十幾街那些電影明星住的高聳公寓後方，幾個小女孩的清晰嗓音從炙熱的夕照間升起，已如草地上的蟋蟀般聚集成聲：

我是阿拉伯俊公子，
妳的心兒屬於我；
到了夜晚妳入夢，
我要溜進妳帳棚——

「這事也真夠碰巧的了。」我說

「可是根本不是碰巧呀。」

「怎麼不是？」

「蓋茲比會買那棟房子，就是因為黛西住在海灣對面。」

這麼說來，之前六月那個晚上，蓋茲比所渴慕的便不只是天上的星星了。他在我心中頓時活了起來，從那些沒來由的奢靡行徑間超脫出來，彷彿從幽暗的肚腹中來到人世。

卓丹接著說：「他想問你能不能哪天下午邀黛西到你家去，然後也邀他過去坐坐。」

我很驚訝，想不到他的要求這麼卑微，他等了五年，買下一棟豪宅，把大好的明月美景任由飛蛾小蟲恣意享受，竟只是希望哪天下午能到陌生人家裡的院子來

「坐坐」。

「他只想求我這麼一件小事，有必要把這些事全告訴我嗎？」

「他怕出差錯呀，他等這事等多久了，他還怕你會不高興呢。你看，他骨子裡還真是個不折不扣的死腦筋呢。」

我又想到一個讓我在意的問題。

「那他為什麼不請妳安排他們見面？」

卓丹解釋：「他想讓黛西看他的房子，你家就在隔壁啊。」

「噢！」

卓丹接著說：「我想之前他可能是希望黛西哪天晚上會來參加他的宴會，可是黛西從沒去過，後來他就開始假裝不經意地問人認不認識黛西，我是第一個說認識她的人，就是宴會的時候他派人把我找去的那晚啊，你真該聽聽他那時說得多迂迴，最後才切到這個話題。當然，我聽了之後立刻建議他們在紐約一起吃午飯，結果他聽了簡直要瘋掉了——

「他一直說：『我不想做那麼怪的事！』和『我想在隔壁見她就好』之類的話。」

卓丹又繼續說：「後來我提到你跟湯姆挺要好的，他還想打退堂鼓哩。雖然他說過自己因為想知道黛西的消息，所以已經看一份芝加哥的報紙看了好幾年了，不過他其實不大清楚湯姆是個怎樣的人。」

這時天色已經全黑，馬車來到一座小橋下，我伸出一隻手臂勾住卓丹金黃色的肩膀，摟她入懷，邀她和我一起吃晚飯。突然間，我腦中不再想著黛西和蓋茲比的事，取而代之的是眼前這個乾淨、強悍而膚淺的人兒，這個處處憤世嫉俗、而此刻正喜孜孜倒在我臂彎裡的女孩子。一句話在我耳中驀然作響，讓人腦袋發熱又亢奮：「世上的人不是在追逐，便是被追逐，不是勞碌奔忙，便是已然倦乏。」

「而且黛西的人生裡也該有些屬於自己的東西。」卓丹對我低語。

「她想見蓋茲比嗎？」

「我們沒有要讓她知道，蓋茲比不想讓她先知道，你就說想請她到你家喝茶就好。」

馬車經過一排黝黑的樹，接著駛過五十九街的成排樓房，整個街區散發著柔美的白光，直往中央公園照去。我不像蓋茲比和湯姆·布坎南，並沒有哪個女孩子幽幽的面容閃現在我眼前黝暗的屋簷和炫目的招牌之間，所以我把身旁的這個女孩摟過來，緊緊擁她在我的懷抱，她蒼白輕蔑的嘴微微一笑，我便把她又拉近些，這次直湊到我面前。

# 第五章

那天夜裡我回到西卵的住處，乍看之下還擔心房子是不是著火了。那時已是半夜兩點鐘，半島的這一隅卻光燦閃耀，光芒灑落在灌木叢上，顯得很不真實，路旁電線上還映出一條條細長的光影，我來到拐彎處，才看到原來光亮的地方是蓋茲比的房子，從塔樓到地窖都燈火通明。

起初我以為他又在辦宴會，大概是狂歡得沒了體統，索性開放整棟宅邸，讓大夥兒玩起「捉迷藏」或「沙丁魚罐頭[1]」之類的遊戲。然而屋子內外卻一點聲響也沒有，耳邊只聽見林木間的風聲，風吹動電線，燈光便明滅閃爍，宛若屋宇正對著黑夜眨眼睛。我搭的計程車哼哼唧唧開走了，這時只見蓋茲比穿過他家的草坪迎面走來。

「你家看起來好像在辦世界博覽會。」我說。

「是嗎？」他心不在焉望向屋子，「我只是在一些房間裡稍微看看。老哥，我

1「沙丁魚罐頭」（sardines-in-the-box）是一種類似捉迷藏但玩法相反的遊戲，一個人躲起，其餘的人負責找他，找到的人就悄悄躲進同一處，因此隨著遊戲進行，該躲藏處會越來越擁擠，最後變得像沙丁魚罐頭。

們去康尼島[2]好嗎？開我的車去。」

「現在太晚了。」

「那要不要到游泳池泡一下？我整個夏天都還沒用過。」

「我想上床休息了。」

「好吧。」

他等在那兒，壓抑滿腔渴切的心情望著我。

過了片晌，我說：「我跟貝克小姐談過了，我明天會打電話給黛西，邀她過來喝個茶。」

他看來漫不經心說：「噢，沒關係，我不想給你添麻煩。」

「你哪天方便？」

他趕忙更正我的話，「應該要說你哪天方便？我不想給你添麻煩，真的。」

「那後天怎麼樣？」

他考慮了一會兒，接著不太情願說：「我想把草除一除。」

我倆同時望向草坪——我家和蓋茲比家的草皮界線分明，我這頭參差不齊，他那頭則草色深青，修剪得宜，十分寬闊；他指的恐怕是我家的草皮。

「還有一件小事。」他語氣猶豫，說完又遲疑了一會兒。

「你是想遲幾天再約嗎？」我問。

「噢，不是，至少——」他支支吾吾連換了好幾個發語詞，「哎呀，我覺得——哎呀，噯，老哥，你賺的錢不多，對嗎？」

「不太多。」

他聽我這麼一答似乎安心了，接下來的話便說得比較有信心。

「我也是這麼想，不好意思啊，我這麼——我說呀，我也兼做點小生意，算是副業吧，你知道，我在想如果你賺得不多——你在賣債券對吧，老哥？」

「對，是很努力想賣。」

「呃，我說的事你應該會有興趣，不用花很多時間就能賺不少錢，這剛好算是滿機密的生意。」

如今回想起來，我才明白，若當初情況不同，那次談話或許會給我的人生帶來

2 康尼島（Coney Island）位於紐約布魯克林，海灘區是知名的休閒娛樂勝地，當地的太空星際樂園（Astroland）在二十世紀初風行一時。

一大危機，但當時因為他態度殷勤得過於明顯，毫無修飾，顯然是想回報我替他做的事，所以我別無選擇，只得立刻打斷他的話。

「我現在已經忙得團團轉了，很謝謝你，可是我沒辦法再兼其他工作。」我說。

「這個生意跟渥夫斯罕沒關係。」他顯然以為我是想避開渥夫斯罕在午餐時提到要幫我「湊」的關係，但我跟他保證事情絕不是他想的這樣。他又等了片晌，想等我找到新話題，但我腦裡仍在思考，無暇反應，他便心不甘情不願回家了。

晚上的事讓我感到樂陶陶、頭暈目眩的，我似乎腳才踏進前門便沉沉睡去，因此不曉得蓋茲比後來有沒有去康尼島，也不清楚他究竟花了幾個小時把整棟房子的燈開得明亮俗豔，然後「進一些房間裡稍微看看」。隔天早上，我從辦公室撥電話給黛西，邀她到我家喝茶。

「妳不要找湯姆來。」我提醒她。

「什麼？」

「不要找湯姆來。」

「湯姆是誰呀？」她裝傻嗔道。

約定的那天到了，天空大雨傾盆。十一點鐘時，一個穿著雨衣的男人拖著一台割草機來敲我家前門，說是蓋茲比先生請他來幫忙修草坪，我這才想起自己忘了請我的芬蘭幫傭回來，於是我驅車到西卵鎮上，在一條條濕漉漉、粉刷成白色的小巷裡找到她，並買了些杯子、檸檬蛋糕和鮮花。

結果根本沒必要買花，因為到了兩點鐘，蓋茲比便差人送來約莫一座溫室那麼多的鮮花，另外還有數不清的花器。又過一小時，前門緊張兮兮打開了，蓋茲比匆匆走進來，他身上穿著一套白色法蘭絨西裝，配著銀襯衫和金領帶，臉色蒼白，兩隻眼睛底下露出深深的失眠痕跡。

「一切都好吧？」他劈頭便問。

「你是說草坪嗎，草坪看上去挺好。」

「什麼草坪？」他不明所以問道，「噢，你說院子裡的草坪啊。」他望向窗外的草皮，但依他臉上表情看來，我想他根本沒認真看。

「看起來很好。」他下了一句含糊的評語，「有報紙說雨大概四點的時候會停，好像是《日報》寫的吧，那個……那個下午茶方面還缺什麼東西嗎？」

我帶他到食品儲藏室去，他見到芬蘭女傭，神色顯得有些不悅。我們一起把在熟食店買的那十二個檸檬蛋糕審視了一番。

「這樣行嗎？」我問。

「當然，當然！這樣很好了！」他答道，接著又不大真誠補上一句：「……老哥。」

到了三點半左右，雨勢緩和成濕潤的水霧，只偶然有些細雨滴泅過，宛若露水。蓋茲比眼神空洞地看著一本亨利．克萊的《經濟學》，幾度被那震動廚房地板的芬蘭重腳步嚇到，時不時又往朦朧的窗戶瞥去，彷彿外頭正上演著一系列看不見但十分驚險的事件似的。最後他站起身，用猶豫的語氣跟我說他想回家了。

「為什麼？」

「沒人會來喝茶了，現在這麼晚了！」他看了一下錶，好像還得趕著去別的地方辦某件要緊事一樣，「我不能在這裡等一整天。」

「別胡說了，現在才快四點而已。」

他一臉悲慘地坐下，彷彿被我逼著似的，而說時遲那時快，這會兒外頭便傳來汽車拐進我家巷道的聲音，我倆都驚嚇得跳了起來，接著我便走到外頭院子，自己也感到有些憂慮。

幾棵光禿的紫丁香樹仍滴著水，下頭有一輛敞篷大車沿著車道開進來。車子停下，黛西的臉從一頂薰衣草紫的三角帽下斜斜探出來，她望著我，笑得燦爛而興奮。

「親愛的，你真的就住這裡嗎？」

她的嗓音起伏如波紋，讓人聽了便歡欣愉悅，像雨裡的一劑強效補帖，我聽著那抑揚的聲音好一會兒才聽懂了她所說的字句。她頰上貼著一綹濕濕的頭髮，宛若一道撇過的藍顏料，我抓著她的手扶她下車，那手也濕淋淋的，閃耀著晶亮的水珠。

她在我耳邊低聲說：「你愛上我了嗎？不然為什麼要叫我別帶人來？」

「這就是《剝削世家》[3]的祕密了。請妳的司機把車開遠一點，進來坐一個鐘頭吧。」

「福弟，你一個小時之後再回來。」接著她故意用沉重的語氣悄聲對我說：「他的名字叫做福弟。」

---

3《剝削世家》是愛爾蘭作家瑪莉亞．艾吉渥茲（Maria Edgeworth）於一八〇〇年發表的短篇小說，是第一部巧用不可靠的敘事者為敘事機制的小說，讀者無法完全相信敘事者的觀點，閱讀時必須自行推敲其描述的真實性。此外，《剝削世家》的故事談及兩個被囚困在城堡中的女人，與本書情節或許也可相互呼應。

「他是不是也聞汽油味聞到鼻子都不好了？」

黛西不明所以說：「沒有吧，為什麼這麼說？」[4]

我倆走進屋裡，這會兒我大吃一驚，因為客廳裡竟空無一人。

「呃，這下有趣了。」我叫道。

「什麼有趣了？」

這時黛西轉過頭去，因為前門傳來輕輕的敲門聲，敲得十分穩重。我出去開門，只見蓋茲比面無人色，兩手像秤砣般沉在外套口袋裡，腳踩在一灘水裡，一雙眼睛悲慘地凝視著我。

他把手繼續放在外套口袋裡，大步走過我身旁，進了玄關，然後像走鋼索似的急轉了個彎，身影旋即遁入客廳。此情此景一點兒也不有趣，我聽見自己心臟撲通直跳的聲音，我把門拉上，外頭的雨勢又變大了。

隨後的半分鐘，室內寂然無聲，然後只聽見客廳裡傳來含糊低語和一聲笑，接著是黛西以清脆造作的語調說：

「能見到你我真的好開心。」

接著便沒人說話了，沉默長得令人心慌。我在玄關也不能做什麼，於是走進客廳裡。

只見蓋茲比仍把手放在口袋裡，背靠在壁爐台上，緊繃地裝出泰然自若、甚至好像很無聊似的姿態，他把頭仰得很後面，倚在壁爐台上一只壞掉的時鐘上，整個人就保持著這個姿勢，以憂愁的眼神從上往下盯著黛西；黛西則坐在一張硬邦邦椅子的邊上，看起來雖然嚇壞了，卻仍十分優雅。

蓋茲比低聲咕噥道：「我們見過。」眼睛則匆匆望了我一眼，嘴唇張開試著想笑出聲，但卻笑不出來。幸好那個時鐘給他的頭壓著，正好在這個時間點顫巍巍地傾斜了，他旋即轉過身去，用顫抖的手指頭把鐘接住並歸定位，然後便在椅子上坐下，身姿僵硬，一隻手肘擱在沙發扶手上，並用手撐著下巴。

「對不起啊，那個時鐘。」他說。

我自己的臉現在也像熱帶一樣火熱發燙，縱使腦裡有一千句老掉牙的閒話，卻

---

4尼克打趣問了這個問題，是呼應黛西先前說過她的管家擦銀器擦到鼻子出了問題，但黛西卻沒意會過來，可見之前管家鼻子的事只是她一時胡謅，並非事實，她說完便忘了。由這兩句話可一窺黛西的性格。

連一句也說不出口。

「那個鐘很舊了。」我像個蠢蛋一樣對他們說。

我想有那麼一會兒，我們三人大概都相信鐘已在地上摔得粉碎。

「我們好幾年沒見了。」黛西用煞有其事的語氣說。

「到十一月就滿五年了。」

蓋茲比脫口而出的答覆，使我們至少又沉默了一分鐘之久。接著我情急之下，便問有沒有人想到廚房幫我一起沏茶，他們兩個都立刻站起身來，但就在此時，那可恨至極的芬蘭幫傭竟拿著托盤把茶給端出來了。

這會兒遞杯盤拿糕點的混亂陣仗，讓場面看起來稍微像樣了點，我們三人都暗自高興。蓋茲比趁勢退居一旁，讓我跟黛西說話，並盡責地輪流看著我倆，眼神顯得緊張又哀怨。儘管如此，一直這麼平靜下去也不是辦法，因此我逮到個機會就胡謅了個藉口，站起身想走出去。

「你要去哪裡？」蓋茲比立刻緊張地問。

「我等下就回來。」

「你先別走，我還要跟你說一件事。」

他發狂似地隨我進了廚房，把門關上，然後低聲說：「啊，天啊！」他看起來悲慘極了。

「怎麼啦？」

「這樣做真是大錯特錯，」他一邊說，一邊使勁搖頭，「真是大錯特錯。」

「你只是不好意思而已，」接著所幸我又補了這麼一句：「黛西也很不好意思呀。」

「她也很不好意思嗎？」他無法置信地重複我說的話。

「她和你一樣不好意思。」

「你小聲一點啊。」

「你現在表現得跟小孩子一樣，」我不耐煩脫口而出，「而且你很沒禮貌，竟然讓黛西一個人坐在外頭。」

他舉起一隻手示意我別再說下去，並用責備的眼神看了我一眼，那樣子令人無法忘懷，然後便小心翼翼開了門，回到客廳去。

我從後門走到屋外——和蓋茲比半個鐘頭前一模一樣，那時他也從後門溜出來，緊張地繞著屋子巡迴了一周。我跑到一棵盤根錯節、黑沉沉的大樹下，樹上茂密的葉子長得像塊布料，替我遮著雨。這會兒又是傾盆大雨，蓋茲比的園丁把我家這片不規則狀的草坪割得整整齊齊，現在放眼望去處處是泥濘的小沼澤和蠻荒的濕地。站在這棵樹下，除了蓋茲比的豪宅大院之外，其餘也沒什麼可看，所以我就朝他的屋子足足盯了半個鐘頭，像哲學家康德盯著教堂的尖頂一樣。蓋茲比的房子是十年前復古風格剛興起時，一位啤酒製造商建造的，我還聽人說過，當初那位啤酒商說，只要附近的屋主願意把自家的房子屋頂鋪上茅草，他願意替鄰近人家代繳五年的稅金。沒想到鄰居全拒絕了，使他對「建立起一個大家族」的願景失了信心，旋即一蹶不振；後來他子女把房子賣掉時，他的弔喪黑花圈都還掛在門上。美國人哪，雖然有時挺樂意為人做牛做馬，但卻堅持不讓人當成鄉巴佬。

半小時後，陽光再次普照大地，食品雜貨商的車子轉進蓋茲比家的車道，車上載著許多他僕人晚餐的食材——因為我肯定他自己一定連一口也嚥不下。一位女傭開始把樓上的窗戶逐一打開，她的身影在每道窗後輪流出現，最後從正中央的大廣角窗探出頭來，沉思般朝花園啐了一口唾沫。我該進屋了。剛剛下著雨時，我似乎聽見他倆低語的聲音，不時隨著一股股情緒起伏、漲起，但現在周遭靜下來，我感覺屋裡也跟著沉默了。

我回到客廳之前，在廚房裡盡可能發出各式噪音，只差沒推倒爐子，但我想他們根本完全沒聽見。只見他倆坐在沙發的兩頭，凝視著彼此，那模樣彷彿已向彼此問了某個問題，或正要開口問，而早先的尷尬氣氛早已不見半點痕跡。黛西哭得臉都糊了，我一進門，她立刻從沙發上蹦起來，站到鏡子前面用手帕擦臉，但蓋茲比的轉變簡直令人摸不著頭緒，他整個人活生生散發著光芒，不消隻字片語，也無須興高采烈展露在言行之間，便能感覺到他身上煥發出一種全新的幸福感，滿溢著這狹小的客廳。

「啊，你好啊，老哥。」他彷彿好幾年沒見到我似地說，我一時還覺得他接下來大概要跟我握手了。

「雨停了。」

「是嗎？」他聽懂了我說的話，又發現屋裡滿是銀鈴般的陽光，便露出笑容，看起來就像一位氣象播報員，又像是一位狂喜的太陽神，他把這消息對黛西重複一次：「妳看，雨停了。」

「真是太好了，傑伊。」她的嗓音滿載一種悲痛的美感，語氣裡盡是喜悅，令人料想不到。

「我想請你和黛西去我家，我想帶她去參觀一下。」蓋茲比說。

「你真的想要我一起去嗎？」

「那當然啊，老哥。」

接著黛西上樓洗臉，我和蓋茲比在外頭草坪等她，我想起自己那些上不了檯面的破爛毛巾，但也來不及了。

「我的房子看起來不錯吧？」蓋茲比開口問，「你看，陽光把整個門面都照得亮亮的。」

我便附和說，他的房子看起來確實耀眼奪目。

「沒錯。」他的目光掃過整棟房子，每個圓拱門和方閣樓都沒放過，「我只花三年就賺到買這棟房子的錢。」

「我以為你說你的錢是繼承來的。」

他想都沒想便回答：「是沒錯啊，老哥，不過後來大恐慌的時候幾乎賠光了，就是大戰恐慌的時候。」

我想他應該不知道自己在說什麼，因為接著我問他從事什麼生意，他竟回答「不干你的事」，然後才意識到這樣回答不大妥貼。

「噢，我做過不少生意，」他趕緊修正自己說的話，「我做過藥品業，也做過石油業，不過現在這兩個我都沒做了。」他集中注意力看著我，「你是在考慮我那天晚上跟你提的事嗎？」

我還沒來得及回答，黛西已從屋裡走了出來，她洋裝上的兩排黃銅扣在陽光下熠熠生輝。

她用手指了指，大聲嚷道：「是那邊那棟大房子呀？」

「妳喜歡嗎？」

「我好喜歡呀，只是很難想像你一個人住在那麼大的房子裡。」

「我總是邀很多有意思的人來，從早到晚都是滿屋子的客人，他們都做很有意思的事，很有名氣。」

我們沒抄海濱的近路，而是走馬路，從大大的邊門走進去。一路上黛西用她迷人的聲音，不停低聲讚嘆這仿封建時代風格的屋宇映在天邊的剪影，誇這兒誇那兒的，接著又誇花園美，誇黃水仙的姿態晶瑩透亮、山楂和梅花香氛幽幽、紅纈草則帶著淺金色般的氣息。這次走到這大理石階梯下，門內外卻不見彩裙紛飛，樹木間也杳無人聲，只聞鳥鳴，我還真不適應。

我們在屋裡漫步，走過一個個帶著法國皇后瑪麗．安東尼風格的演奏間，和一間間彷如英國查理二世時期設計的小客廳，我感覺彷彿有許多賓客藏匿在每張沙發椅和茶几後頭，他們被勒令噤口，得等我們三人經過了才准出聲似的；當蓋茲比把他那間可媲美牛津摩頓學院圖書館的閱覽室關上時，我發誓聽見了那位貓頭鷹眼老兄發出幽魂般的笑聲。

接著我們上樓，走過一間間復古風格的臥室，這些房間裡全披掛著玫瑰紅、薰衣草紫的綢緞，還有才更換過的鮮花，生氣盎然。我們也逛了一間間的更衣室、撞球間，以及設有豪華浴池的浴室，甚至還闖進一個男人的房間，那男人穿著睡衣，邋裡邋遢的，正在地板上做健肝體操，顯然知道喝酒傷身的道理。他就是那位「住宿生」克力卜史普林格先生，那天早上我才見到他在海濱遊蕩，一臉飢渴的樣子。最後我們來到蓋茲比自己的大臥房，裡頭有一房一衛浴，還有一間亞當風格[5]的書房。我們就在書房坐下，喝了杯蓋茲比從壁櫥拿出來的蕁麻酒。

從頭到尾，蓋茲比的目光不時望向黛西，我想他似乎依照黛西那對可愛雙眸有所反應的程度，把房子裡的一切都重新評價了，有時他也和黛西一樣茫茫環顧自己擁有的東西，似乎這會兒她真真切切出現在他眼前，令他驚詫不已，使得這些東西都變得很不真實了，他一度還差點要從樓梯上摔下去。

他的臥室尤其是整棟房子裡最樸素的一個房間，只有梳妝台上裝飾著一整套霧面純金打造的盥洗用品，黛西欣喜地拿起其中那把金梳子，順了順自己的頭髮，這時蓋茲比忍不住坐下，把手遮在眼睛上面，笑出聲來。

他快活地說：「實在太逗了，老哥，我忍不住——我一直想——」

很顯然，他已經經歷了兩個階段，現在正要進入第三階段；他最早是不好意思，接著是沒來由地歡喜，這會兒則是對她的存在感到驚奇不已了。他心中懷抱著這個想法如此之久，從頭到尾都夢想過一回，可以說是一直咬緊牙等著，意念之強令人無法想像，因此現在夢想成真，他反而像一只旋得過緊的鐘，頓時鬆弛下來。

他馬上便恢復正常，起身打開兩個巨大的漆皮櫥櫃讓我和黛西看，櫃子裡擺著他眾多的西裝、浴袍、領帶，還有許多襯衫，成打成打堆成疊，看上去像牆磚一樣。

「我在英國請人專門替我買衣服，每年春秋換季的時候，他就幫我選購，然後寄來。」

接著他拿出一疊襯衫，一件一件扔在我們眼前，襯衫的材質有細亞麻布、厚絲綢、細法蘭絨布，這些衣服向下墜，散開來覆蓋在桌上，五彩繽紛疊成了一堆。我和黛西一邊欣賞，他一邊又拿出更多衣服，柔軟富麗的衣料便越堆越高，襯衫有條紋圖案、漩渦圖案、格紋圖案，顏色有珊瑚紅、蘋果綠、薰衣草紫、淺粉橘，還有孔雀藍的字母印花襯衫。突然間，黛西嗚咽一聲，把頭埋進成堆的襯衫裡，激動哭嚎起來。

5 亞當風格（Adam style）是一種十八世紀的新古典主義建築暨室內設計風格。

她的聲音給厚厚的衣料悶著，哭啼著說：「這些衣服真漂亮呀，讓我覺得好難過，因為我以前從來沒見過這麼……這麼美的衣服。」

屋裡逛完後，我們原本要參觀外頭的庭園和泳池，還有水上飛機，以及盛夏的花朵，但這時窗外又下起雨了，我們便站成一排，望著波紋蕩漾的海灣。

「要不是現在起霧，我們從這裡就可以看到妳家在海灣另一頭，」蓋茲比說，「妳家船塢最前頭總會開一盞綠色的燈，直開到天亮。」

黛西聽了，驀地伸出一隻手勾住他手臂，但他的心思似乎還放在剛才自己說的話上，或許他是想到，那盞綠燈的重大意義從此煙消雲散了。從前他和黛西之間隔著遙遠的距離，相較之下，那盞綠燈離她似乎極近，幾乎能碰觸到她，好比星星和月亮之間那樣近，而現在，那燈火又成為船塢上一盞平凡的綠燈，這世間迷惑著他的事物從此又少了一件。

我開始在半暗的房裡四處走動，隨意看著各種模糊不清的擺設。蓋茲比書桌旁的牆上掛著一幀很大的照片，吸引了我的目光，照片中是一位身穿航海裝的老先生。

「這位是誰呀？」

「那位呀，老哥，那是丹恩．寇迪先生。」

這名字我似乎在哪兒聽過。

「他已經死了，很多年以前，他是我最好的朋友。」書桌上還有一張蓋茲比的小照，照片中的他也穿著航海服，頭髮全往後梳，看起來桀驁不馴，照片很明顯是他十八歲左右拍的。

「我好喜歡，」黛西驚呼，「你梳龐帕多頭！你從來沒告訴我你梳過龐帕多頭，也沒說過你有遊艇。」

蓋茲比趕忙說：「妳看，這裡有很多剪報，都是關於妳的。」

他倆肩著並肩看剪報，我正打算問蓋茲比能不能讓我看看他那些紅寶石，但這時電話響了，他拿起話筒。

「是……呃，我現在不方便說話……我現在不方便，老哥……我說過要挑小鎮，他總該知道小鎮是什麼意思……嗯，如果他覺得底特律算是小鎮，那他對我們來說也沒什麼用處了……」

他隨即掛上電話。

「快到這兒來！」黛西在窗邊叫道。

外頭仍下著雨，但西邊的烏雲已經稍微散開，海面上也出現一抹粉紅金黃的綿密雲彩。

黛西低聲說：「你看那邊。」過了一會兒，她說：「我真想拿一朵粉紅色的雲，把你擺在上頭四處推著走。」

這會兒我真想告辭了，但他倆不肯讓我走，或許我待在這裡，他們反倒更有獨處的滿足感吧。

接著蓋茲比說：「我知道要做什麼了，我們叫克力卜史普林格先生彈琴來聽吧。」

他走出房門喊道：「尤因！」幾分鐘後他回到房裡，身旁跟著一位神情尷尬、帶著幾絲倦意的年輕人，他臉上戴著一副玳瑁眼鏡，一頭金髮稀稀疏疏。他這會兒已換上像樣的衣服，穿著寬領運動衫、球鞋和帆布褲，褲子是一種說不上的顏色。

「我們打擾你運動了嗎？」黛西很有禮貌開口問。

「我剛在睡，」克力卜史普林格先生一陣難為情，嚷道，「我是說，我本來在睡，後來就起來──」

蓋茲比沒等他說完便插話：「克力卜史普林格先生很會彈琴，對不對呀，尤因？」

「我彈得不好，我不太──我根本不太彈琴，我已經很久沒練──」

蓋茲比打斷他的話，說道：「我們到樓下去吧。」他扳了個開關，屋裡大放光明，灰黑的窗登時隱沒在光線之中。

進了演奏間，蓋茲比捻亮鋼琴旁的一盞孤燈，接著點起火柴劃出顫抖的火光替黛西點菸，然後便和她同坐在房間另一頭的沙發上，那裡一點光也沒有，只有熒熒閃爍的地板反射了一點外頭走廊的燈光。

克力卜史普林格演奏完〈幽會愛巢〉後，便在椅凳上轉頭四處張望，在晦暗的室內鬱鬱寡歡尋找蓋茲比的身影。

「看吧，我太久沒練習了，就說了我不能彈，我真的太久沒練——」

蓋茲比命令道：「老哥，不要這麼多話，彈吧！」

每天早上，
每天晚上，
我們都盡歡——

窗外的風呼呼吹著，岸邊傳來一連串隱約的雷聲。此刻西卵家家戶戶的燈火逐一亮起，電車在雨中載著乘客從紐約市奔馳返家，這是一個人事風雲變幻的時刻，一股歡騰興奮正翩然播送。

有件事最確定：

有錢人生財，沒錢人生小孩。

這個時候，

每個時候——

我走過去向他們道別時，只見蓋茲比臉上又出現了那種困惑迷惘的神情，他彷彿在懷疑這當下的幸福只是幻影。快五年了！即便是在這個下午，他有時一定也覺得黛西並不如他夢想得那般完美——並不是黛西本身哪裡不好，而是他的幻想有著過於龐然的生命力，早已凌駕黛西，凌駕在萬事萬物之上；他秉持著一種創造的熱情，全心全力投入這個幻想，同時不停將之拓展，把沿途飄拂的每一片彩羽都拿來裝飾這個幻夢。一個人所夢想的對象，無論如何熱情似火，無論如何明豔動人，都比不上他心中縈繞的那個幽影幻象。

我凝視著蓋茲比時，看得出他自己稍微調適了心情，他伸出一隻手握住黛西的手，黛西附在他耳邊低聲說了幾句話，他隨即轉過頭去望著她，帶著一股澎湃的情緒，我想最勾著他心魂的該是她說話的嗓音了，如此抑揚宛轉，帶著燒灼的熱忱，那嗓音永遠比他所夢想的更完美無瑕——她的聲音是一首永恆的歌。

他倆已完全忘記我了，但我走上前去道別時，黛西抬頭看了我一眼，並伸手與我握別；而蓋茲比則彷彿已完全不認識我。我再度望向他們，他們也抬頭以飄渺的眼神看著我，被一股強烈的生命力攫著，不能自己。接著我便走出演奏間，走下大理石台階，步入雨中，讓他們倆留在那兒。

# 第六章

大約就在這段期間，有天早上，紐約市一位雄心勃勃的年輕記者登門造訪，問蓋茲比想不想在報上發表什麼意見。

「發表什麼意見呢？」蓋茲比有禮貌地問。

「哎呀——想聲明什麼都可以呀。」

後來攪和了五分鐘才弄清楚，原來那記者在辦公室聽人提到蓋茲比的名字，至於別人講的究竟是什麼事，他或許是不肯吐露，或許是他自己也弄不清，這天他休假，便主動奔來「了解了解」，真是精神可嘉。

其實這記者不過是亂槍打鳥，但他的直覺倒沒錯。這個夏季，蓋茲比大宅裡數百位賓客接受他殷勤款待的同時，也搖身成為他過往身世的專家，到處給他造謠，現在他的惡名之臭，只差沒上報了，諸如「直通加拿大的輸酒管線」這類都市傳奇都跟他沾上了邊，還有一個歷久不衰的謠言，說蓋茲比根本不住在房子裡，而是住在一艘像房子一樣大的船上，常沿著長島沿岸祕密活動，而這些虛構之事為何讓出身北達科他州的傑姆士．蓋茲如此志得意滿，那就不得而知了。

傑姆士．蓋茲——這才是他真正的名字，或者應該說，至少這是他法律上的名字，他十七歲時改了名，是他開啟今生事業的那當下改的，那是他初次見到丹恩．寇迪的時候，寇迪的遊艇在蘇必略湖最險惡的淺灘下錨停泊。那天下午，身穿破爛綠色球衣、帆布便褲在海濱遊蕩的人還叫傑姆士．蓋茲，但後來借了划艇划向那艘「圖奧勒米號」[1]警告寇迪的人，便已經是傑伊．蓋茲比了。他特地去告訴寇迪，再過半小時，那裡很可能會颳起大風，到時候連人帶船都會被撞成粉碎。

我猜即便在那個時候，他這個名字應該也已經想好了很久。他的父母務農，渾渾噩噩，事業無成——在他的想像世界中，從未真正接受他們是自己父母這件事。事實上，這個長島市西卵鎮的傑伊．蓋茲比，是從他對自己的柏拉圖式概念裡頭蹦出來的人物。他是上帝之子——如果說這句話有意義，指的應該是這個意思，而且他必得行天父之職，在這世上成就一種浩渺、庸俗、金玉其外的美，因此他創造的傑伊．蓋茲比，正是一個十七歲少年所能幻想出來的角色，而他也克盡職責，到最後一刻都扮演著這個形象。

在遇到寇迪之前的一年多，他一直沿著蘇必略湖的南岸混日子，撿牡蠣、抓鮭魚，或做其他能讓自己溫飽的零工，在那段涼爽宜人的時日裡，工作時而艱辛，時而閒散，他把身體練得黝黑結實，過著簡單自然的生活。他年紀很輕就有過女人，而且因為女人把他給寵壞了，他對女人十分鄙視，未經人事的清純少女他瞧不起，因為她們太無知；其他女人他也同樣看不起，因為他極其專注在自身，許多女人會感到歇斯底里的事情，他根本覺得理所當然。

但他的心卻永遠處於動盪騷亂之中。每天夜裡，他躺在床上，總會有最最怪誕而美妙的幻想在他的心裡盤桓，洗臉架上的時鐘滴答向前，月亮投下潮濕的光芒，浸透他扔在地上捲成團的衣褲，而一個不可言說的花花世界在他腦海中不停延伸。他每晚都為這些奇想再添上幾筆，直至睡意不知情地擁抱他，遮住他腦中歷歷如繪的畫面。有好一段時間，這些遐思幻想成為他想像力宣洩的出口，這些幻夢撫慰他，暗示他眼前的現實其實並非真實，這些夢也應許他，一個世界確實能奠基在精靈輕薄的羽翼上。

在幾個月以前，他秉持著自己未來將飛黃騰達的直覺，去了聖奧拉夫學院，那是一所路德教會辦的小型學校，在明尼蘇達州南部，他在那裡只待了兩個禮拜，因為他驚愕發現，學校裡的人對於他命運的磅礡鼓聲，甚至對於命運本身，都抱持著一種兇殘的冷漠，此外他也十分鄙視那份為了繳學費而不得不做的工友工作。隨後他又晃回蘇必略湖，這天，他仍在尋尋覓覓找事做時，丹恩·寇迪的遊艇便在湖濱淺灘下錨停泊了。

---

1 圖奧勒米為美國加州一個郡。

　　寇迪那年五十歲，內華達銀礦、育空金礦，和一八七五年後每一次掏礦熱潮孕育出了他這樣的人物，他因著買賣蒙大拿的銅礦發了財，身家比好幾個百萬富翁加起來都要多，但自此之後便暴露出弱點，他外表強壯但其實耳根子軟，容易聽信別人的話，而有數不清的女人看清了這點，全都試圖要讓他和他的錢分家。在報業工作的艾拉·凱依抓住了他的弱點，扮演現代版的曼特農夫人[2]，讓他嚐到難以下嚥的苦果，又慫恿他乘遊艇出海去，這件事在一九〇二年上遍各家報紙，就算是艱深枯燥的小報也能讀到這則常識。在遇到蓋茲比之前，他已沿著海岸航行了五年，沿途遇到的人無不對他大獻殷勤，這會兒他現身在小姑娘岬角，成了傑姆士·蓋茲命運的主宰。

　　年輕的蓋茲靠在兩條槳上，抬頭望著那圍欄環繞的船甲板，在他眼裡，那艘遊艇代表了世上所有美麗光采的事物，我想他當時或許朝著寇迪露出了燦爛的笑容吧，那時他大概已經發現自己笑起來十分得人喜愛。總之，寇迪問了他幾個問題（他全新的名字便是這時被問出來的），發現這小子很機靈，且胸懷大志，前途無可限量。幾天後，寇迪帶他到德魯斯去，替他買了一件藍外套、六條白色帆布褲和一頂水手帽，圖奧勒米號起錨前往西印度群島和巴貝里海岸[3]時，船上便多了一個蓋茲比。

蓋茲比是寇迪以私人名義雇用的，工作內容十分籠統，他跟隨寇迪的期間，既是他的管家，也是他的夥伴、船長、祕書，甚至成了他的侍衛，因為神智清明的丹恩・寇迪曉得，酩酊大醉的丹恩・寇迪可能很快就會幹出哪些揮霍蠢事，為了因應，他越來越信任蓋茲比。這樣的安排維持了五年，在這段期間他們的船一共環繞美洲大陸三次，這樣的關係原本或許會無限期持續下去，沒想到有一天晚上艾拉・凱依在波士頓登上了船，而一星期後，丹恩・寇迪這個主人便很失職地斷了氣。

到現在我仍記得蓋茲比臥室牆上那幅丹恩・寇迪的肖像，他是個頭髮灰白、紅光滿面的男人，表情嚴峻而空洞——他可說是浪蕩子的開山祖，在美國人生活的某個發展階段裡，把西部的妓院、酒吧那些蠻荒的粗野風氣帶回了東岸，蓋茲比幾乎不喝酒，這也是間接受到寇迪的影響。蓋茲比舉辦的那些狂歡盛宴上，有的女客還

2曼特農夫人（Madame de Maintenon）是法皇路易十四的第二任妻子，據聞對其夫十分有影響力。

3巴貝里海岸（Barbary Coast）是十六至十九世紀時歐洲人對北非摩洛哥、阿爾及利亞、突尼西亞和利比亞的稱呼。

會把香檳抹在他頭上，但他卻養成了滴酒不沾的習慣。

蓋茲比的錢便是從寇迪那兒繼承來的，他給他的遺產共有兩萬五千美元，但後來蓋茲比一毛也沒拿到，他始終沒弄懂對方究竟用了什麼法律手段來對付他，不過總之寇迪數百萬財產剩下的錢最後全歸了艾拉·凱依，而蓋茲比所得到的是奇特的適性教育，原本輪廓模糊的傑伊·蓋茲比，自此成了一個有血有肉的完整人物。

†

這些都是他過了滿久一陣子之後才告訴我的，但我先在這兒記下，為的是破除那些關於他出身的胡亂造謠，那些謠傳全是一派胡言。此外，他告訴我這些事情的時間點，正是一切事情鬧得天翻地覆的時候，那時我對於他的事已到了什麼都相信又什麼都不相信的程度，因此這會兒蓋茲比算是暫時喘口氣，我也利用這個短暫空檔將一切誤解釐清。

這段期間也算是一個空檔，我暫時把蓋茲比的事擱到了一旁，我好幾個禮拜沒見到他的人，甚至沒在電話裡聽到他的聲音，我大部分的時間都和卓丹在紐約市四處逛，以及竭力迎合她那老糊塗的姨媽。但在某個星期天下午，我終於又到蓋茲比家去了，我才進門不到兩分鐘，就有人帶湯姆·布坎南上門來，說是要小坐喝兩杯，不消說，我當然嚇傻了，但他竟然現在才找上門，其實這才更令人驚訝吧。

登門的人共有三位，都騎著馬來，分別是湯姆、一個名叫史隆的男人，以及一個穿著棕色騎裝的漂亮女人，她先前就來過蓋茲比家。

「看到你們很高興，」蓋茲比站在門廊上說，「很高興你們可以來坐坐。」說得好像他們會在乎主人高不高興呢！

「快來坐下，抽根菸或是雪茄吧。」蓋茲比迅速走到客廳另一頭，搖鈴差人來，「我叫人送喝的上來，很快。」

湯姆本人親自來到家裡，蓋茲比顯然大受影響，但不管怎樣，他非得招呼他們吃喝點什麼才安心，這樣他才能感覺他們只是想上門喝一杯吧。然而史隆先生什麼也不要，問他要喝檸檬水嗎？不用，謝謝。那來點香檳嗎？他也說不用，謝謝……不好意思——

「你們今天騎馬還好嗎？」

「這附近的路鋪得很好。」

「我想汽車——」

「嗯。」

蓋茲比一時衝動，轉過去面對著湯姆；剛才湯姆讓人介紹他給蓋茲比認識時，看上去彼此是初次見面的樣子。

「布坎南先生，我們好像在哪兒見過。」

湯姆粗聲粗氣禮貌地說：「啊，對呀，沒錯，我記得。」但他顯然根本沒想起來。

「大概是兩個禮拜之前。」

「對，那時候你跟尼克在一塊兒。」

「我認識你太太。」蓋茲比又說，此時他幾乎帶點挑釁意味了。

「是嗎？」

湯姆轉向我。

「尼克，你就住這附近嗎？」

「就住隔壁。」

「是嗎？」

史隆先生並沒有加入談話，而是姿態高傲靠在椅背上，那女客也沒說話，後來她兩杯冰威士忌加蘇打下肚，才意外地熱情起來。

她提議道：「蓋茲比先生，下次我們大家一起來參加你的宴會吧，你說怎樣？」

「當然好，你們來我很高興的。」

「太好了。」史隆先生回答，但他的語氣絲毫沒有感激的意味。「好吧，我看我們也該回家了。」

蓋茲比勸他們：「再坐一會兒吧。」他現在沉得住氣了，便想多觀察一下湯姆。「不如——不如你們留下來吃晚餐吧？等會兒說不定還會有其他客人從紐約來。」

「我看你們來我家吃飯吧，你們倆都來。」那女士熱切說。

這會兒我也受邀了。史隆先生站起身來。

「走吧。」但他這句話只對那位女士說。

「我說真的，」女士繼續力邀，「我真的希望你們來，位子多得很。」

蓋茲比用眼神徵詢我的意見，他想去，而且看不出史隆先生不希望他去。

「我恐怕沒辦法去。」我說。

「那你來吧。」她把火力集中在蓋茲比身上。

史隆先生在她耳邊悄聲說了幾句話。

她用大家都能聽到的音量回嘴說：「現在出發根本不晚啊。」

蓋茲比說：「我沒有馬，我在軍中的時候騎過馬，但還沒自己買過馬，我就開車在後面跟著你們吧，請稍等我一下。」

其他人走到外面門廊上，史隆夫婦在旁邊展開一番激昂的辯論。

湯姆開口：「老天，我看那傢伙真的要來，難道他看不出來，她其實沒想要他來嗎？」

「她說她希望他去啊。」

「她要辦大型晚宴，她的客人他根本半個都不認識。」湯姆皺起眉頭，「真不知道他跟黛西是在哪個鬼地方認識的，老天，我觀念可能有點老土，但我真的覺得現在的女人到處拋頭露面，真讓人受不了，她們淨認識些勞什子的角色。」

史隆和那位女士突然走下台階，坐上馬背。

史隆先生對湯姆說：「走吧，我們要來不及了，不走不行。」接著他又對我說：「你跟他說，我們趕時間得走了，好吧？」

我和湯姆握握手，和史隆先生及那位女士則彼此淡淡點頭致意，他們便迅速騎著馬步出車道，身影旋即消失在八月茂密的枝葉間，這時蓋茲比正好拎著帽子和薄大衣，從前門走了出來。

黛西自個兒四處跑，湯姆顯然真的擔心起來，因為那個星期六晚上他便陪著黛西來參加蓋茲比的宴會，或許因為他在場，使得這個夜晚有一種迫人的氛圍，總之蓋茲比這整個夏天的宴會裡，就屬這次給我的印象最鮮明，儘管賓客都是同一批人，或總之是差不多的同一類人，香檳酒也一樣多，各種顏色和聲音也同樣繽紛混亂，但我卻感覺空氣中帶著一種令人不快的感覺，那股尖銳不適的感覺無所不在，之前從沒這樣過，或許之前我只是習慣了吧，先前我逐漸接受了西卵是個自成一格的世界，有自己的標準和自己的大人物，這地方之所以首屈一指，正是因為它自己對於這點根本渾然不覺，但此時我卻透過黛西的眼睛重新審視西卵，對於自己曾經花費精力適應的事物，一旦要以全新的目光檢視，自然會難過。

湯姆和黛西在黃昏時分抵達，我們一起走進數百位光鮮亮麗的賓客之間，這會兒黛西說話時又使出了那低聲呢喃的把戲。

「這些東西真讓我興奮哪，」她低語說，「尼克，如果你今天晚上想親我，只要隨時跟我說一聲，我就會替你安排，如果你想的時候，說我的名字，我就知道了，或者拿一張綠色卡片給我也行，我要給你很多張綠色的卡——」

這時蓋茲比提議：「妳往四周看看。」

「我在看呀，這一切真是美妙——」

「看看那些妳聽過的名人都長什麼樣子。」

湯姆以傲慢的眼神緩緩將眾賓客打量了一遍。

他說：「我們不太四處走動的，老實說，這裡的人我半個也不認識。」

「那位女士你或許曉得。」蓋茲比指著一位貌美得幾乎不像凡人的女子，她生得像蘭花般嬌豔，正端坐在一株白梅樹下供人瞻仰，湯姆和黛西兩人直盯盯望著她，像這樣的電影明星在此刻之前都像是另一個世界的人，突然認出她來總會感覺特別不真實。

「她很美。」黛西說。

「彎腰跟她說話的那個人就是她的導演。」

蓋茲比非常正式帶他們走到每一群人面前。

「這位是布坎南太太……這位是布坎南先生——」他遲疑了一會兒，旋即補上一句：「他是打馬球的高手。」

「喔，才不是，」湯姆立刻反駁，「我算不上。」

但蓋茲比顯然給這說法逗樂了，因為他接下來整晚都向人介紹湯姆是「打馬球的高手」。

「我從沒見過這麼多名人！」黛西驚呼，「那人我挺喜歡的，他叫什麼名字？鼻子發青的那位。」

蓋茲比認出她指的是誰，便跟她說那人是一個小牌製片。

「呃，我還是挺喜歡他這個人的。」

「但我還是希望你不要說我是馬球高手，」湯姆表情愉悅說，「我寧可默默待著，看這些名人就夠了。」

黛西和蓋茲比跳了舞，至今我猶記得當時內心的驚訝，因為他跳起老式的狐步真是風度翩翩，在那之前我從沒看過他跳舞，他們跳完舞後，便閒晃到我家那兒，在門前台階上坐了半小時，我則受黛西之託，在花園裡戒備著。她那時的解釋是：「以防發生火災或水災，或是任何一種天災。」

我們三人正準備坐下來一起吃晚餐時，湯姆「默默」閒逛回來了，他說：「我跟其他人吃飯行嗎？有個人正在說很好笑的事。」

「行呀，」黛西和顏悅色說，「如果你要抄誰的地址，就拿我的金色小鉛筆去用。」……過了一會兒，她四下張望一番，跟我說那個女人看起來「粗俗但挺漂亮」，我便明白她除了和蓋茲比獨處的那半小時外，其餘時間並不開心。

我們這桌的人醉得特別厲害。都是我的錯——蓋茲比被叫去聽電話了，而同桌的人我兩週前認識時還覺得挺有意思，但當時覺得很有趣味的，這會兒卻都走味了。

「貝德克小姐，妳還好嗎？」

我問話的這個女孩子原本想趁勢倒在我肩膀上，我這麼一問，她只好坐直起來，睜開眼說：

「什麼？」

一個大塊頭、無精打采的女人原本正在說服黛西明天一起到地方上的俱樂部打高爾夫球，這時轉頭替貝德克小姐說話：

「噢，她沒事，她每次喝個五、六杯雞尾酒就會開始像那樣大叫，我老跟她說她不該喝。」

「我真的沒喝呀。」這位被指控的女孩虛偽應道。

「我們聽到妳在大吼的聲音，所以我就跟這位西維特醫師說：『醫生啊，那邊有人需要你幫忙。』」

「還真是多虧妳了，」另一位朋友的語氣絲毫不帶謝意，「不過妳剛把她頭浸到池子裡的時候，把她身上的洋裝全弄濕了。」

「我就恨人家把我的頭浸到池子裡，我上次在紐澤西差點被淹死。」貝德克小姐咕噥道。

「那妳就不應該碰酒啊。」西維特醫師出口反駁。

「你自己才該解釋一下吧！」貝德克小姐厲聲說，「你的手都在抖了，要我才不敢讓你替我動手術呢！」

情形大致就像這樣。我能記得的最後一件事，大概就是跟黛西站在一起，看著那電影導演和他的大紅星吧，他倆仍然待在白梅樹下，兩張臉幾乎完全貼著，中間只隔著一絲瑩白薄透的月光，我想到這導演為了能靠得這麼近，整晚一直以極緩慢的速度慢慢朝她湊過去，這會兒我眼睜睜看著他彎下最後一個角度，終於親到了她的臉頰。

黛西說：「我喜歡她，我覺得她好迷人。」

但這晚其餘的人事物都令她不舒服，而且這是不容分說的，因為她那不是做作出來的姿態，而是真實流露的情緒。西卵，這樣一個百老匯拿長島漁村改造而來、前所未有的「地方」，使黛西感到驚駭萬分。她驚駭的是西卵有一種原始粗俗的活力，受不了老派的委婉話；她驚駭的是這裡人的際遇太過招搖，全不是什麼正經人物，人生卻抄著近路疾走。西卵的一切太過簡單直接，她無從理解，便心生恐懼。

我陪他們夫婦倆坐在正門台階等他們的車子來，面前一片黝黑，只有燈火通明的門口朝著輕柔黯淡的清晨射出十呎見方的光線，樓上偶爾能見到人在更衣室百葉窗後走動的身影，接著又是另一個人影，無止盡的一個個暗影走動著，在一塊看不見的鏡子裡塗脂擦粉。

湯姆突然咄咄問道：「這蓋茲比到底是誰？是大私酒販嗎？」

「你聽誰說的？」我問。

「沒人說，是我猜的。我說啊，這些暴發戶很多都是賣私酒才發財的。」

「蓋茲比不是。」我沒好氣說。

湯姆沉默了片晌。車道上的鵝卵石在他腳底吱嘎作響。

「我說啊，他一定費了不少勁兒才請來這班馬戲團。」

一陣微風吹動了黛西那灰霧般的皮草衣領。

她勉強說：「至少這些人比我們認識的人有意思。」

「妳剛剛看起來明明覺得沒什麼意思。」

「才不會。」

湯姆笑出聲，然後又轉向我。

「剛剛那個女孩子叫黛西幫她沖冷水澡的時候，黛西臉上的表情你見著沒有？」

這時黛西開始跟著旋律輕聲唱起歌來，嗓音沙啞而富有節奏，在她的歌聲中，歌曲的每個字都被賦予了從前沒有、而未來也不會再有的意涵；樂音上揚時，她的聲音便破開來，但仍甜美跟隨著旋律，如同女低音的嗓音，每一次轉折，就點滴將她溫暖的凡人魔法傾洩在空氣之中。

接著她突然又說：「很多來的人根本不是接受邀請來的，那女孩子就是自己來的，他們硬闖進來，蓋茲比是客氣，不好意思拒絕。」

湯姆仍堅持說：「我想知道他究竟是什麼人，是做什麼的，我保證要查個清楚。」

黛西答：「我現在就可以告訴你，他以前開藥房，很多家，都是他一手親自開的。」

那輛慢吞吞的禮車這會兒開進了車道。

黛西說：「尼克，晚安。」

她的視線匆匆一瞥便從我身上移開，轉而尋到映著光的台階上方，那裡〈凌晨三點〉的旋律正對著戶外飄送，那年發表的這首華爾滋曲子好極了，短短的曲調，悲傷的旋律。無論如何，蓋茲比的宴會儘管有許多不像樣的人事，卻可能也有許多她的世界裡完全匱乏的浪漫機緣，上頭的樂曲中，是什麼在召喚著她回去？在這晦暗而不可測的時辰裡，可能會發生什麼事呢？或許會有一位超乎想像的嬌客翩然來到，一位令人驚艷的絕世佳人，一位真正煥發青春光采的女孩，只要她對蓋茲比投以新鮮的一瞥，只消一個魔幻的邂逅，或許就能抹滅他過去五年來堅定不移的癡心。

那晚我待到很晚，因為蓋茲比請我等到他能夠抽身再離開，我便在花園徘徊，直等到每次總少不了的游泳客人泅得渾身發冷，興高采烈從黝黑的海邊奔回，直到上頭客房的燈火都熄了為止，蓋茲比終於走下台階，他曬得淺棕的臉龐這會兒顯得異常緊繃，眼神炯然而透露著疲憊。

「她不喜歡。」他劈頭便說。

「她當然喜歡。」

「她不喜歡，」他仍堅持，「她不開心。」

說完他便沉默了，我則忖度著他心中難言的憂鬱。

「我感覺離她好遠，」他說，「想讓她理解好難。」

「你說的是這個宴會嗎？」

「這個宴會？」他手指頭一彈，摒棄自己辦過的所有宴會，「老哥，宴會根本不重要。」

他想要的是黛西走到湯姆面前對他說：「我從來沒愛過你。」待她用這句話把過去的四年一筆勾消，他倆便可以決定接下來的現實打算，包含等她恢復自由之身後，他們要回到路易維爾，從她的娘家風光出嫁，就像時間回到五年前一般。

「而且她沒辦法理解，」他說，「她以前都能理解的，以前我們可以一起坐上幾個鐘頭——」

他話說到一半便打住，開始在一條荒涼的小徑上來回地走；小徑上滿是果皮、客人亂扔的宴會小禮和壓扁的鮮花。

我斗膽直言：「換做是我，我不會對她要求太高，過去的事沒辦法全部重來啊。」

「過去的事沒辦法重來？」他難以置信驚呼，「怎麼沒辦法！」

他激動往四周看去，彷彿那段過去就潛伏在他房子的暗影中，他只要用手努力再伸出去一些便能抓住。

「我會把一切都恢復成從前的樣子。」他帶著決心點了點頭，「我會讓她看到。」

他說了很多過去的事，我推斷他是想找回些什麼，或許是對他自己的認知，是一些因為愛上黛西而消逝的自我。自從愛上她之後，他的人生便渾沌失序，但他覺得只要能重回某個起點，將一切重新慢慢來過，他便能找出自己究竟失落了什麼……

……五年前一個秋日夜晚，他倆漫步街頭，落葉紛飛，後來走到了一處沒有樹的地方，人行道在月光下映成一片瑩白，他們停下腳步，轉身面對彼此。那是個沁涼的夜，帶著一年兩次季節更迭時特有的神祕悸動，家家戶戶沉靜的燈火朝著暗夜嗡嗡低鳴，天上群星擾攘騷動，蓋茲比從眼角餘光望過去，人行道上的磚塊確實疊成了梯子的模樣，彷彿通往樹上空一塊祕密之地——如果他一個人爬，他是能爬得上去的，到了上頭，他就能吸吮生命的乳首，大口喝下那無與倫比奇蹟的乳汁。

黛西白皙的臉蛋湊了上來，他的心跳益發加快，他曉得如果親吻了眼前的女孩會如何，他的前程遠景是一言難盡，而她的生命氣息終將熄滅，一旦兩者結成了連理，他的思緒將永不再像上帝的思緒一般自由喧鬧嬉戲，因此他停下片晌，最後一次聆聽那生命的調音叉敲擊星星的聲響，然後他便吻了她，他的唇一覆上去，她便為他全然綻放，如一朵花，他便這麼化成了肉身，遁入塵世。

他這番話雖然駭人地傷感，卻使我想起了某件事，一段記不得的旋律，或者是一小段失落的話語，總之是我很久以前在某處聽過的，有那麼個片刻，一個詞幾乎在我口中成形了，我像瘖啞的人那樣張開雙唇，彷彿唇齒極費勁掙扎，而不是只有一縷怔然的氣息，但最後我仍什麼聲音也沒發出，那幾乎要想起的事，自此便永遠不能言傳了。

# 第七章

正當眾人對蓋茲比的好奇心達到了最高點時，他家通明的燈火卻自某個週六晚上完全熄滅了，他扮演特里馬其歐[1]這個在《愛情神話》裡的富翁角色，終於宣告落幕，和揭幕時同樣令人費解。我是見到不少人滿懷期待把車開進他家車道，等了一會兒又悻悻然開走，這才漸漸注意到的。我心想他是不是病了，便過去他家看看，但出來應門的卻是一位素未謀面的管家，他滿臉兇相，狐疑地從門裡瞇眼看著我。

「蓋茲比先生生病了嗎？」

「沒有啊。」他又遲疑幾秒，才拖拖拉拉勉強補了一句：「先生。」

「我最近都沒見到他，滿擔心的。請跟他說卡洛威先生來過。」

「什麼先生？」他無禮問。

「卡洛威。」

---

1 《愛情神話》（Satyricon）是一部古羅馬小說，作者為佩特羅尼烏斯（Petronius）。故事中的角色特里馬其歐（Trimalchio）從奴隸之身重獲自由，藉著自己的毅力和奮鬥獲得了權力與財富。

「卡洛威，好吧，我再跟他說。」他旋即把門砰地甩上。

後來我那位芬蘭幫傭說，蓋茲比一週前把他屋裡所有僕人都遣散了，換上六、七個新人，這些人從不進西卵市區大肆採購，也讓各家商人沒有賄賂的機會，只打電話採買，買的東西也不多；食品雜貨店的送貨小弟則說，蓋茲比家的廚房看起來髒得像豬圈，西卵人則普遍認為那批新來的人根本不是一般的僕役。

翌日，蓋茲比打了通電話來。

「你要離開了嗎？」我問他。

「不是的，老哥。」

「聽說你把所有傭人都解雇了。」

「我需要不會講閒話的人，黛西現在滿常來的，都是下午來。」

所以只因為黛西的眼神流露出幾絲不悅，這間大客棧便像紙牌搭的屋子般整個垮了。

「這些人是渥夫斯罕想關照的人，他們是一家子的兄弟姊妹，以前經營一家小旅館。」

「原來如此。」

結果是黛西請他打給我的，問我明天要不要去她家吃午飯？說是貝克小姐也會去。半小時後黛西又親自打了通電話，她知道我要去之後，似乎鬆了一口氣。有事情要發生了，但我不敢相信他們會挑這個場合上演這齣戲，而且還是蓋茲比之前在花園裡勾勒的那齣恐怖戲碼。

隔天炎陽炙人，那是夏季的最後幾天了，而且肯定是最熱的一天。我搭的火車從隧道探出頭來，駛進陽光裡，只有國家餅乾公司工廠的熾熱氣笛聲劃破了正午時分幾近沸騰的寧靜。火車廂裡的草席座椅溫度高得幾乎要燒起來，我旁邊坐了一個女人，她原本只是在白襯衫下秀氣冒著汗，後來她手指頭上的汗把報紙也淌濕了，她終於發出淒涼的哀嘆，絕望陷入酷暑中，她的手提包啪的一聲掉到地上。

「噢，老天！」她倒抽一口氣。

我疲累地彎下腰，把手提包撿起來還給她，手伸得老長，而且只抓住皮包的最邊緣，以表明自己別無居心，但附近的每個乘客，包含那女人，顯然都還是一樣懷疑我。

「很熱！」列車長不停對幾張熟面孔說，「這天氣真讓人受不了！真熱！……真熱！……真熱！……你覺得很熱嗎？……熱嗎？天氣……？」

我從他手上拿回回數票時，上面已暈開一個黑印子。這樣的熱天裡，誰還在意自己吻的是哪一張紅唇，誰還在意是誰的一頭溼髮沾濕了胸口的睡衣口袋！

……我和蓋茲比站在布坎南家的門前等著，玄關吹起一陣微弱的風，電話鈴聲傳到我倆耳畔。

「老爺的屍體！」管家彷彿正對著話筒大吼，「不好意思，夫人，我們還沒辦法交給妳，中午太熱了，實在沒辦法碰啊！」

事實上管家說的只是：「是……是……我會注意。」

他把話筒掛上，整個人汗光淋漓走向我們，接過我倆的硬草帽。

「夫人在小客廳等你們！」他大聲說道，還很多餘地指了一下方向，在這種高溫下，所有額外的動作對於人的精力都是一種冒犯。

小客廳外頭的遮篷把太陽全擋住了，室內十分陰涼，風扇吟唱著送出微風，黛西和卓丹躺在一張巨大的沙發椅上，像兩尊銀雕像，壓著自己身上的白衣裳。

「我們動不了了。」她們異口同聲說道。

卓丹伸出手和我握了幾秒，她曬黑的手上抹了一層白色粉底。

「運動健將湯姆斯．布坎南先生在哪呢？」我問道。

說時遲那時快，我馬上聽見他粗啞渾厚的聲音從玄關電話那裡傳了過來。

蓋茲比站在暗紅地毯的正中央，朝四方張望，露出入迷的眼神。黛西觀察著他，笑出聲來，她的笑聲甜美，使人心蕩神馳，她胸口撲的粉微微揚起，散了一點兒在空氣裡。

「聽說啊，」卓丹悄聲說，「湯姆是在跟他的女人講電話。」

眾人靜默不語，玄關的說話聲不耐煩飆高：「很好，那我車子乾脆不賣你了……我又不是欠你什麼……還有你在午餐時間拿這事來煩我，我完全無法接受！」

「話筒是掩著的吧。」黛西酸溜溜說。

「不是，他沒有，」我向她保證，「確實有這筆交易，我正好知道。」

湯姆霍地把門打開，壯碩的身軀一時之間擋住了整個門口，接著他快步走進房裡。

「蓋茲比先生！」他心裡的嫌惡藏得還算好，他伸出一隻大而扁平的手，「您好，很高興看到您……嗨，尼克……」

「給我們弄點涼的來喝。」黛西喊道。

待湯姆走出小客廳，黛西便站起身走向蓋茲比，勾著他的脖子，在他嘴上親了一下。

「你知道我愛你的。」她低聲說。

「妳忘了這裡還有一位淑女在。」卓丹說。

黛西狐疑地往四下張望。

「妳也親尼克呀。」

「這女孩子家真沒教養！」

「我管不了那麼多！」黛西嚷道，還在磚砌的壁爐底座上喀啦喀啦跳了幾步，接著她又想起天氣正熱，這才帶著罪惡感坐到沙發上，就在此時，一位衣著整潔的保姆帶著一個小女孩走進房裡。

「心——肝寶貝，」她伸出雙臂，唱歌似輕喚，「來最愛妳的媽媽這裡。」

保姆放開小女孩，她便衝過來，害羞地偎著媽媽的衣裙。

「我的心肝寶貝！媽媽是不是把粉沾到妳的黃頭髮上啦？站起來，說『你好嗎』。」

我和蓋茲比輪流彎下身子握握她的小手，可以感覺她其實不大情願，握完手之後，蓋茲比一臉驚訝望著小女孩，我想他從來不相信黛西真的有個孩子。

「我午餐前就換好衣服了。」小女孩轉向黛西殷殷說。

「因為媽媽想讓客人看妳呀。」黛西把臉湊過去，貼著女兒小小的白頸子上頭的那道紋路，「寶貝呀，妳是媽媽的小心肝寶貝。」

「對。」小女孩沉穩附和，「卓丹阿姨也換了白色的洋裝。」

「媽媽的朋友妳喜不喜歡呀？」黛西把女兒轉過身去，讓她面對蓋茲比，「覺得他們好不好看呀？」

「爸比在哪裡？」

黛西解釋：「她長得不像她爸爸，像我，頭髮跟臉型都像我。」

黛西坐回沙發上，保姆便往前一步，並伸出一隻手。

「來，潘蜜。」

「寶貝再見！」

這有教養的女娃儘管不捨地往後一瞥，卻還是握住保姆的手，乖乖讓大人拉出房門了。湯姆這時正好回來，四杯琴利奇酒在他背後跟著進來，加了滿滿的冰塊，在杯裡咔噠咔噠響著。

蓋茲比拿起一杯。

他說：「酒看起來真的很冰。」他說話時明顯有些緊張。

眾人都大口大口貪婪地喝個不停。

湯姆親切愉悅說道：「我不知道在哪裡讀到，說現在太陽一年比一年熱了，好像快把地球給吞進去了——等一下，說反了，太陽現在是一年比一年冷才對。」

接著他向蓋茲比提議：「到外面吧，我想帶你看看我家。」

我和他們一起走到外頭的陽台走廊上。碧綠的長島海峽在高溫中凝滯不動，海面上有艘小帆船正往較清涼的大海緩緩駛去，蓋茲比目光稍微跟隨著那隻小帆一會兒，接著便舉起一隻手，指向海灣另一頭。

「我就正對著你們。」

「是啊。」

我們的視線越過玫瑰花圃、炙熱草坪，以及海邊在八月底酷熱日子裡叢生的雜草，那船帆如純白的羽翼，在蔚藍涼爽的天邊緩緩移動，眼前躺著一片扇形的海，以及許許多多上天眷顧的小島。

湯姆點著頭說：「你的消遣啊，我也想搭那艘船出海，玩它個一小時。」

我們在飯廳吃午飯，為了遮陽，那裡也用遮蓬擋得一片陰暗，眾人佐著冰涼的麥芽啤酒，一口口灌下緊繃的歡快感。

「我們下午該怎麼辦呢？」黛西哭喪喊道，「還有明天，還有接下來的三十年該怎麼辦呢？」

卓丹說：「別發神經了，秋天天氣一涼，日子就重新開始了。」

黛西幾乎要掉下眼淚，她堅持道：「可是現在好熱啊，所有事情又這麼亂七八糟的，我們進城去好了！」

她的嗓音在熱浪中掙扎著、抵擋著，奮力將無意義的話語捏塑成形。

這時湯姆正對蓋茲比說：「我聽過人家把馬廄改建成車庫，但我是第一個把車庫改建成馬廄的人。」

黛西不肯罷休，咄咄問道：「誰想進城去？」蓋茲比的目光朝她飄去，她叫道：「啊，你看起來好氣定神閒啊。」

他倆眼神交會，直盯盯望著彼此，彷彿空間裡只剩下他們兩個人，黛西好不容易才把目光往下移到桌子上。

她又重複一次：「你看起來總是這麼氣定神閒。」

她這樣等於是對蓋茲比表明了她的愛意，湯姆．布坎南也看出來了，湯姆驚愕萬分，雙唇微啟，他看著蓋茲比，再轉頭看著黛西，彷彿認出她是自己很久以前認識的一個人。

黛西一副沒事的模樣繼續說：「你好像廣告裡的那個男人，你知道那個廣告嗎——」

「好吧，」湯姆迅速打斷她的話，「進城我沒問題啊，走吧，我們一起進城去吧。」

他從座位上站起來，眼睛仍在蓋茲比和他太太之間來回打量，大夥兒動也不動。

「走啊！」他有些動怒了，「到底怎麼回事啊？要進城就走啊。」

他壓抑著自己的怒氣，連手都發抖了，他舉起酒杯湊到唇邊，把最後一點麥芽啤酒一飲而盡。黛西一開口，我們都站了起來，走到外頭熾熱的碎石車道上。

她抗議：「我們就要這樣去了嗎？現在就走了嗎？不讓大家先抽根菸嗎？」

「吃飯的時候大家已經從頭抽到尾了。」

「噢，開心就好嘛，大熱天的，不要在意這種小事情。」她央求他。

他沒答話。

「哎，隨你便，」她說，「卓丹，來吧。」

她倆上樓梳妝準備，我們三個男人便站在車道上，用腳踢著滾燙的碎石子。月亮的銀彎子已掛在西邊天上。這時蓋茲比開口想說話，又臨時改變心意，但湯姆已倏地轉過身來面對著他，等他說話。

「你的馬廄在這裡嗎？」蓋茲比努力想了個問題。

「在這條路過去大約四百公尺的地方。」

「喔。」

又沉默了。

湯姆突然氣急敗壞說：「真不懂幹嘛要進城，不知道女人家的腦袋裡都在想些什麼——」

「我們要不要帶點喝的去？」黛西從樓上窗戶喊道。

「我去拿威士忌。」湯姆回答她，接著便走回屋裡。

蓋茲比僵硬著身子轉過來對我說：

「我在他家什麼話也不能說，老哥。」

我說：「黛西說話的態度也太不小心了，她說起話來全是——」我遲疑了一會兒。

「她說起話來全是錢的感覺。」蓋茲比突然說。

正是。我先前一直沒意會過來，但黛西說話的聲音正給人一種錢的感覺——她嗓音裡那無窮無盡、高低起伏的魅力，那叮噹作響、宛若鐃鈸敲成的旋律，那些正是金錢的感覺……她是高處白色宮殿裡那國王的女兒，那黃金女郎……

湯姆從屋裡走出來，把一瓶容量約一夸脫的酒用毛巾裹起來，黛西和卓丹跟在後頭，兩人頭上戴著金屬亮片材質的小窄帽，胳臂上都蓋著一條薄披肩。

蓋茲比提議：「大家要不要搭我的車去？」他摸摸汽車座椅滾燙的綠色皮革，然後說：「剛剛應該停在陰影處的。」

「你的車是標準排檔嗎？」湯姆問。

「對。」

「那你開我的雙門車，你的車讓我開進城。」

這提議使蓋茲比十分不舒服。

「我的車快沒油了。」他拒絕道。

「還很夠吧。」湯姆活力十足嚷道，接著又看看油表說：「沒油的話我再去藥房加油，這年頭藥房裡什麼都買得到。」

他這幾句話聽起來毫無意義，緊接著又是一陣沉默。黛西皺眉看著湯姆，蓋茲比臉上則掠過一種難以言傳的神情，我從來沒看過這種表情，卻又隱約有些熟悉，彷彿我以前只聽人用文字描述過。

湯姆伸手把黛西推向蓋茲比的車，說道：「來吧，黛西，我用這台馬戲團大篷車載妳。」

他把車門打開，但黛西身子一閃，離開了他的手臂範圍。

「你載尼克和卓丹吧，我們開雙門車跟在你們後面。」

她走向蓋茲比，並伸出一隻手摸了摸他的外套。我和卓丹與湯姆坐進蓋茲比車子的前座，湯姆試探地轉動不大熟悉的排檔，接著我們便疾駛進入迫人的熱浪中，把另外兩個人遠遠拋在後頭，很快便消失在視線之外。

「你看見沒有？」湯姆厲聲問道。

「看見什麼？」

他銳利地望著我，意識到這件事我和卓丹一定始終知情。

他說：「你們覺得我很遲鈍是吧？可能吧，不過我只要——我有時候幾乎只看第二眼就知道該怎麼辦，這樣說你們可能不相信，可是從科學的角度——」

他話說到一半便打住了，想到這緊急事件已經火燒屁股，他不得不從理論的深淵回到現實世界來。

他接著說：「我已經稍微調查過這傢伙，我還可以查得更仔細，假如我早點知道——」

「你是說你去找靈媒了嗎？」卓丹幽默問。

我和她都笑出聲來，湯姆疑惑盯著我們問：「什麼？找什麼靈媒？」

「問蓋茲比的事啊。」

「問蓋茲比的事！沒有，我沒找靈媒，我是說我稍微調查了他的出身。」

「結果你發現他是唸牛津的。」卓丹幫他接話。

湯姆不敢置信。「唸牛津的！他唸牛津才有鬼！他還穿粉紅色的西裝啊。」

「不過他真的是唸牛津的。」

「那是新墨西哥州的牛津吧，」湯姆輕蔑哼了一聲，「或是其他那些有的沒的。」

卓丹不悅問道：「我說，湯姆，你這麼看不起人家，幹嘛還請他來家裡吃午飯？」

「是黛西邀的，她是在我們結婚前認識他的——天知道她在哪裡認識的！」

這會兒麥芽啤酒的效力越來越弱，我們全都煩躁起來，大夥兒也都意識到了，車裡便靜默了一會兒，誰也沒開口，接著只見馬路前方出現了艾柯堡醫師那雙褪色的眼眸，我於是想起蓋茲比說過車子快沒油了。

但湯姆說：「油還夠開到城裡。」

卓丹抗議：「可是這裡就有車行啊，現在熱得像烤箱，我可不想被困在路上。」湯姆很不耐煩，同時拽了兩道煞車，我們的車便在韋爾森車行的招牌下猛然煞住，揚起一陣塵土。過了片晌，老闆從店裡走出來，目光空洞地望著這輛車。

湯姆粗聲粗氣嚷道：「幫我們加個油吧！不然你以為我們停下來做什麼，看風景啊？」

韋爾森仍然動也不動，他開口說道：「我生病了，病了一整天。」

「怎麼啦？」

「太累了。」

湯姆質問：「那我要自己加油嗎？你在電話裡聽起來沒事啊。」

韋爾森原本靠在門口陰影處，這會兒吃力地走出來，呼吸顯得十分困難，伸手把油箱蓋子旋開，他的臉在烈日下呈鐵青色。

他說：「我不是故意要打擾您吃午餐，可是我最近缺錢缺得緊，我只是想知道你那輛舊車要怎麼處理。」

湯姆問：「這輛你覺得怎樣？我上禮拜買的。」

韋爾森一邊費勁抓著油槍，一邊答：「黃色的車，看起來挺好。」

「想買嗎？」

「很難吧，」韋爾森勉強笑了笑，「沒辦法，不過你另外那輛我倒可以賺點錢。」

「你怎麼會突然要用錢？」

「我在這裡待太久了，想搬走，我和我太太想到西部去。」

「你太太想到西部去。」湯姆驚詫地嚷道。

「這事她講了十年了。」韋爾森稍微在加油機上靠了一會兒，並抬起手遮著太陽，「這次不管她想不想都得去，我要帶她離開這裡。」

這時那輛雙門車疾駛而過，揚起了一陣煙塵，還能見到車上有人舉起一隻手朝我們揮著。

「要多少錢啊？」湯姆厲聲問道。

「這兩天我才發現一件怪事，所以想走，才會一直拿賣車的事去煩你。」韋爾森說。

「要多少錢啊？」

「一塊二。」

酷熱不曾稍減，這會兒我已經熱得有點腦袋發昏，我著實想了好一陣子才意識過來，韋爾森到現在還沒對湯姆起疑心。他已經發現梅朵背著他在另一個世界過另一種生活了，心裡大受打擊，連帶身體也病了，我望著他，再望著湯姆，湯姆不到一個鐘頭前也才發現了一樣的事情，我突然了解，人與人之間最重大的差別，不是聰明才智，也不是種族，而是生病和健康與否。韋爾森病得看起來就像是犯了罪一樣，而且是滔天大罪——好比讓某個可憐女孩懷了孩子。

湯姆說：「我那輛車會賣給你，明天下午我派人把車送來。」

這附近一帶隱約總使人感覺惴惴不安，即便在此刻的午後豔陽下仍是如此。這會兒我像是被人警告背後有危險似的把頭一轉，只見艾柯堡醫師的那雙大眼仍矗立在灰燼丘上方看守著，但過了片刻，我便察覺到還有另一雙眼在看著我們，目光熾烈，就在二十呎外。

車行樓上有道窗的窗簾給掀開了一點點，梅朵．韋爾森正透過縫隙盯著我們的車看，看得聚精會神，沒意識到自己也正被人觀察著；她臉上出現各種不同的情緒，就像一張沖洗顯影得很慢的相片，景物在上頭緩緩浮現，這種表情怪熟悉的，我常在許多女人臉上見到，可是這會兒出現在梅朵．韋爾森臉上，卻顯得毫無來由，令人不解，但我接著才意識到，她又妒又懼地把眼睛睜得大大的，那雙眼盯的不是湯姆，而是卓丹．貝克，她把卓丹當成了湯姆的太太。

†

簡單的腦袋一旦感到混亂，那程度絕對無人能及，我們駛離車行時，湯姆心裡正感受著恐慌所抽下的一道道熱辣辣的鞭子，一個小時前，他的妻子和情婦都還穩當安全，此刻卻都急速從他掌控中溜走了。他直覺踩下油門，一方面想追上黛西，一方面想把韋爾森拋在腦後，我們即以每小時五十哩的速度朝皇后區亞斯托利亞的方向駛去，但後來我們在高架鐵路下蜘蛛腳似的細長樑柱之間，看到了那部悠閒的藍色雙門車，這才把車速放慢。

卓丹提議：「五十街附近那幾家大電影院挺涼快的吧，我很喜歡夏天午後的紐約，都沒人，感覺舒服暢快，有一種熟透的感覺，好像會有各式各樣奇特的水果掉到你手上一樣。」

那句「感覺舒服暢快」使湯姆感覺更加不舒服，但他還沒想到該怎麼反駁，雙門車停了下來，黛西示意叫我們把車開到他們旁邊。

「我們要去哪呀？」她嚷道。

「去看電影怎麼樣？」

「太熱了，」她抱怨，「你們去吧，我們開車四處繞繞，之後再跟你們會合。」接著她費勁想了一句俏皮話：「我們約在某個街角會合吧，你們如果看到有人一口抽兩支香菸，那就是我了。」

「不要在這裡講。」湯姆氣急敗壞說，這會兒一輛卡車在後頭咒罵似地發出刺耳的喇叭聲，「你們跟著我開到中央公園南邊，開到廣場飯店前面。」

他好幾次轉頭過去看看他倆的車在哪，只要他們被車陣擠到後頭，他便把車速放慢，直到又看見他們的車為止，我想他大概害怕他倆會突然衝進路旁某條小街，永遠從他的人生消失吧。

但他們倆並沒有，倒是我們所有人做了一件更讓人匪夷所思的事——我們在廣場飯店訂了一間套房，大家都進了客廳。

一開始大家吵了許久，場面一片混亂，最後才進了那房間，其中的細節我已經記不清楚了，但我身體的記憶則十分鮮明：在整個過程中，我的內褲就像條濕答答的蛇一直在我腿上爬，背上則一陣陣冒出冷涔涔的汗珠。開房間這事來自黛西的一個建議，她說我們應該訂五間浴室，大家都去泡個冷水澡，接著這個提案成了比較具體可行的計畫，改為「找個地方喝杯薄荷冰酒」，我們每個人都再三說這點子「真是瘋了」——大夥同時開口對著一位困惑的櫃臺服務人員說話，心裡還認為，或者說假裝認為吧，認為我們這樣顯得挺風趣的……

我們訂的這間房寬敞但窒悶，而且儘管已經四點了，打開窗看到的卻只有中央公園一片熱騰騰的灌木叢。黛西走到鏡子前面，背對我們，整理起她的頭髮來。

卓丹用開了眼界的語氣說：「這間房好棒啊。」逗得大夥兒全笑出聲來。

黛西頭也不轉地發號施令：「再開一扇窗吧。」

「沒別的窗了。」

「那我們最好打電話請人送把斧頭來——」

「重點是不要再說天氣熱了，」湯姆極不耐煩說，「妳牢騷發個不停，簡直讓這一切難受十倍。」

他把包著威士忌酒的毛巾打開，把酒放在茶几上。

蓋茲比開口說：「老哥，別管她行嗎？是你說要進城的。」

眾人沉默了一陣子，接著繫在牆上釘子上的電話簿突然滑落，嘩啦一聲摔到地上，卓丹喃喃說了聲「對不起」，但這會兒沒人笑了。

「我去撿。」我自告奮勇。

「我來吧。」蓋茲比把斷開的繩索細細檢查一番，發出模糊不清「嗯！」的一聲，很像是感到很有意思，接著便把電話簿扔到一張椅子上。

湯姆尖銳問：「你這口頭禪挺特別的，是吧？」

「什麼口頭禪？」

「開口閉口都是『老哥』，你在哪裡學的？」

「湯姆，你聽好了。」黛西從鏡子前面轉過身來，「如果你要做人身攻擊，我就立刻走人，打電話叫人送點冰塊來調薄荷冰酒吧。」

湯姆拿起話筒，原本壓抑的火氣瞬間化成聲音爆發出來，我們聽見樓下宴會廳傳來孟德爾頌〈結婚進行曲〉那煞有其事的和弦演奏。

「竟然有人想在這種大熱天結婚！」卓丹哀叫。

「不過，我就是在六月中結婚的。」黛西憶道：「路易維爾的六月天！還有人昏倒了，湯姆，那昏倒的人是誰呀？」

「比洛克西。」他簡短地回答。

「一個叫『比洛克西』的男人，『方塊比洛克西』，而且他的職業就是做箱子——沒騙人，而且他還正好出身田納西州的比洛克西[2]。」

卓丹也接著說：「那時候他們把他抬到我家去，因為我們家和教堂只隔兩戶。後來他在我們家賴了三個禮拜，最後我爹地只好直接叫他捲鋪蓋走人，他走之後隔天我爹地就死了。」過了幾秒，她似乎感覺自己說的前後兩句話八竿子打不著，又補上一句：「這兩件事無關。」

我也開口：「我以前認識一位出身田納西州孟菲斯的人，叫做比爾．比洛克西。」

---

2此人的暱稱「方塊」（blocks）在英文中與「比洛克西」（Biloxi）發音近似，而「箱子」（box）在英文中與「比洛克西」發音近似。黛西此處在暗暗愚弄湯姆，湯姆是芝加哥人，不像黛西、卓丹、尼克出身南方，因此不清楚比洛克西其實在密西西比州，而不在田納西州。

「那就是他堂兄弟，他待在我家那段期間，把整個家族史都告訴我了，他送給我一支鋁製推桿，我到現在還在用呢。」

這時樓下的音樂已經停了，結婚典禮正式開始，一陣長長的歡呼聲從窗口飄進來，還伴隨著斷斷續續的「好——！」的叫嚷聲，最後倏地奏起了爵士樂，眾人婆娑起舞。

黛西說：「我們老了，如果我們還年輕，就會站起來跟著跳舞。」

「想想比洛克西吧。」卓丹警告黛西，「湯姆，你怎麼認識比洛克西的？」

「比洛克西？」他努力專心回想，「我本來不認識他，他是黛西的朋友啊。」

黛西否認：「才不是，我以前根本沒見過他，他是搭你們家包的火車來的。」

「這個嘛，他說他認識妳，他說他是路易維爾人，那時候車就要開了，阿薩．勃德帶他來，問還有沒有位子讓他坐。」

卓丹露出笑容。

「他大概是想搭便車回家吧，他還跟我說，他是你們耶魯那屆的學生會長呢。」

我和湯姆茫然相視一眼。

「比洛克西？」

「首先，我們根本沒有什麼學生會長——」

蓋茲比的腳開始急促焦躁敲著地板，像敲軍鼓似的，這時湯姆突然盯著他瞧。

「對了，蓋茲比先生，聽說你是讀牛津的。」

「也不能算是。」

「噢，是吧，我聽說你讀過牛津。」

「對，我讀過。」

一陣沉默，接著湯姆用不相信的侮辱口氣說道：「你讀牛津的時候，大約就是比洛克西讀耶魯的時候吧。」

又是一陣沉默，然後一位服務生敲門，送了碎薄荷葉和冰塊進來，然而儘管他說了聲「謝謝」，把門帶上時也發出了輕巧的關門聲，卻還是沒能打破這陣沉默。這巨大的謎團此刻終於要揭曉了。

「我說了，我讀過。」蓋茲比開口了。

「我聽到啦，但我想知道你是什麼時候讀的。」

「一九一九年，我只讀了五個月，所以我才說，我不能自稱是讀牛津的。」

這時湯姆轉頭打量大家，想看看我們是否都和他一樣不買帳，但所有人都望著蓋茲比。

「那是停戰後他們給一些軍官的機會，」蓋茲比接著說，「我們可以選擇去英國或法國的任何一所大學唸書。」

這時我真想站起身，過去拍拍他的背；我和先前一樣，又一次對他恢復了全然的信任感。

黛西帶著淺淺的微笑站起身來，走到茶几旁。

她吩咐：「湯姆，把威士忌開了，我幫你調杯薄荷冰酒吧，這樣你才不會表現得像傻蛋似的……你看這些薄荷葉！」

湯姆厲聲說：「等一下，我還有一個問題想請教蓋茲比先生。」

蓋茲比溫文有禮答道：「請說。」

「你到底想在我家攪和些什麼？」

兩人終於打開天窗說亮話了，而這正中蓋茲比的下懷。

「他沒在攪和什麼。」黛西一臉焦急，輪流望向兩人，「攪和的是你，拜託你稍微自制點。」

「叫我自制！」湯姆不敢相信地把她的話重複一次。「讓不知哪來的無名小卒勾搭自己的太太，我看現在正時興這套是吧，如果是這樣的話，我可不吃這套……這年頭大家開始不屑家庭生活和家庭制度了，接下來大家是不是什麼都不管了，連黑人和白人都可以通婚了。」

他慷慨激昂地胡言亂語，講得一臉赤紅，儼然認為自己正孤軍捍衛著人類文明的最後一道防線。

「我們幾個都是白人啊。」卓丹悄聲說。

「我知道我沒什麼人氣，我不辦什麼大型宴會，我看在當今的現代社會裡，想交朋友就一定得把自己家裡弄得像豬圈一樣是吧。」

雖然我氣極了，我想其他人也是，但湯姆每回開口，我就幾乎忍不住要發笑，因為這位浪蕩公子哥兒真是突然徹頭徹尾清高了起來。

「你聽好了老哥——」蓋茲比準備發難，但黛西猜出了他想說什麼。

「拜託別說了！」她焦急地插嘴，「拜託，我們回家吧，我們都回去好嗎？」

「我贊成。」我站起身來，「走吧，湯姆，沒人想喝東西。」

「我想聽聽蓋茲比先生要說什麼。」

「你太太根本不愛你。」蓋茲比說，「她從來沒愛過你，她愛的人是我。」

湯姆想都沒想便嚷道：「你瘋啦！」

蓋茲比一個箭步站起身，整個人激動得充滿生氣。

「她從沒愛過你，你聽到了嗎？」他大喊著，「她嫁給你只是因為我那時候很窮，還有她等我等累了；那是一個天大的錯誤，可是她心裡愛的從頭到尾都只有我一個人！」

到這節骨眼我跟卓丹都想走了，但湯姆和蓋茲比兩人卻較勁似地堅持我們繼續待著，彷彿他倆心裡都坦蕩蕩，彷彿我們能間接分享他們的情緒，是我們的榮幸。

「黛西，妳坐下。」湯姆盡可能用父親般威嚴的語調說話，但頗失敗，「到底發生什麼事了？我想知道。」

蓋茲比說：「我已經告訴你是什麼事了，這事已經五年了──你卻不知道。」

湯姆猛然轉頭面對黛西。

「妳跟這傢伙偷偷交往了五年？」

蓋茲比說：「不是交往，我們沒辦法見面，但是我們從頭到尾都愛著彼此，你卻不知道，老哥。以前我有時想到你什麼都不知道，還忍不住會笑出來。」但他的眼神中卻毫無笑意。

「喔──就這樣啊。」湯姆把兩手粗粗的指頭互相輕敲，像牧師似的，接著便往椅背一靠。

「你是瘋子啊！」他爆發了，「五年前的事我沒什麼好說，因為我那時候根本還不認識黛西，而且打死我也想不通你當初怎麼接近她的，大概是替她家送食品雜貨的吧，可是你說的其他事都是天殺的在撒謊，黛西嫁給我的時候愛我，她現在也愛。」

蓋茲比搖搖頭說：「不對。」

「可惜事實就是這樣，麻煩的是有時候她的腦袋瓜會胡思亂想，搞不清楚自己在做什麼。」他很有智慧似地點點頭，「還有，我也愛黛西，我偶爾會玩過火，做出一些丟臉的事情，但我最後總是會回來，而且我心裡始終愛著她。」

「你真讓人作嘔。」黛西說完，轉過來望著我，用低八度的聲音對我說：「你知道我們為什麼離開芝加哥嗎？他們沒把他那次『玩過火』的故事告訴你，我還挺驚訝的。」她輕蔑的語氣使房裡充滿不寒而慄的氣氛。

蓋茲比走過去，站到她身邊。

他殷切說：「黛西，那些事都過去了，不重要了，妳只要跟他說實話，跟他說妳從來沒愛過他，這一切就像是沒發生過了。」

黛西幽幽凝視著他，「唉呀，我怎麼可能愛他——怎麼可能呢？」

「妳從來沒愛過他。」

她遲疑了，她向我和卓丹投以一種懇求的眼神，彷彿終於意識到自己在做什麼，彷彿先前發生的每一件事都不是她自己有心選擇的，但過去的事已然發生，現在已經太遲了。

「我從來沒愛過他。」她說，語氣中明顯帶著不情願。

「在卡皮歐拉尼公園[3]的那時候也不愛嗎？」湯姆突然質問道。

「不愛。」

樓下宴會廳裡的和弦旋律聽起來悶沉模糊，讓人覺得快要窒息，隨著一陣陣熱氣飄送上來。

「在龐奇鮑爾火山口[4]那時候，我怕妳鞋子弄髒，一路把妳抱下來，那時妳也不愛我嗎？」他語調中帶著沙啞的柔情……「黛西？」

「拜託別說了。」她的聲音仍冷漠，但已不見原本的怨氣，她望向蓋茲比對他說：「傑伊，我說了。」但她試著點菸時，手卻不停顫抖，接著便猛然把香菸和點燃的火柴往地毯上扔。

「啊，你想要的太多了！」她對蓋茲比嚷著，「我現在愛的是你，這樣還不夠嗎？過去的事我沒辦法重來呀。」她無助地啜泣起來，「我以前是愛過他，但我同時也愛著你啊。」

蓋茲比將一雙眼睜得老大，隨即闔上。

「妳『也』愛著我？」他把這句話重複了一遍。

「那也是在撒謊。」湯姆蠻橫地說，「她之前根本不知道你還活著。哎呀，我和黛西之間有很多事你永遠不會懂的，有很多共同的回憶，我倆永遠也忘不了。」

這番話彷彿在蓋茲比身上狠咬了一口。

他仍不放棄，「我想跟黛西單獨談，她現在太激動了才會——」

黛西坦言：「就算我們單獨談，我也不能說我從來沒愛過湯姆。」她的語氣楚楚可憐，「那是在騙人。」

「那當然。」湯姆應聲附和。

黛西轉過去面對她丈夫。

「說得好像你在意似的。」她說。

「當然在意，從現在起，我會加倍好好照顧妳。」

---

3卡皮歐拉尼公園（Kapiolani Park）位於美國夏威夷，佔地百餘畝，設有各式球場及休閒娛樂設施，並常有音樂表演。

4龐奇鮑爾（Punch Bowl）是夏威夷歐胡島上的一個火山口，在英文中原意是一種裝潘趣酒的大調酒缸。

「你不懂，」蓋茲比語帶驚慌說，「你已經不能再照顧她了。」

「不能再照顧她？」湯姆睜大了眼，笑出聲來，這會兒他顯然已經能控制自己了，「什麼意思？」

「黛西要離開你了。」

「胡說八道。」

「我確實要離開你。」黛西說，看得出她費了一番工夫才說出這話來。

「她不會離開我！」湯姆突然衝著蓋茲比嚷道，「她哪可能為了你這種小騙子離開我，你連向她求婚的戒指也得用偷的吧。」

黛西大喊：「我受不了了！啊，拜託，我們離開這裡吧。」

湯姆突然爆發：「你到底是什麼人？你就是跟梅爾．渥夫斯罕混的那幫人其中之一吧——這事我正好知道，你的事我已經稍微調查過了，我明天還要繼續去查。」

「你儘管查吧，老哥。」蓋茲比不急不徐回答。

「你那些『藥房』是幹什麼的，我都摸清楚了。」湯姆轉向我們，連珠砲似地說：「他跟那個叫做渥夫斯罕的傢伙，把這裡和芝加哥很多小路上的藥房都買下來了，在裡面賣穀物釀的酒精，這就是他的其中一樣小把戲，我第一次見到他就看出他是個賣私酒的，果然跟我想的差不多。」

「怎麼樣？」蓋茲比仍維持禮貌的口吻，「我看你朋友渥特爾．蔡斯倒也挺樂意加入嘛。」

「你對他見死不救，不是嗎？你讓他在紐澤西蹲了一個月的牢，老天！真該讓你聽聽渥特爾是怎麼講你的。」

「他加入的時候，身上沒有半毛錢，那時候他可是很樂意能賺點錢啊，老哥。」

湯姆大吼：「不要叫我『老哥』！」蓋茲比閉口不語。湯姆說：「渥特爾本來可以用賭博法把你給揪出來，是因為渥夫斯罕威脅他，叫他閉嘴。」

這時蓋茲比臉上又出現那個令我陌生但似曾相識的表情。

湯姆緩緩繼續說：「藥房的生意還不算什麼，聽說你現在還想幹一筆更大的，只是渥特爾不敢告訴我是什麼勾當。」

我的視線掠過黛西，只見她一臉驚恐，望著蓋茲比，望著自己的丈夫，又望向卓丹，卓丹則彷彿又在全神貫注用下巴頂著一件看不見的物品，然後我轉回去看蓋茲比——這一看，卻被他臉上的表情嚇著了。對於之前那些賓客在花園裡的胡亂詆毀，我可是不屑一聽的，但他此刻的表情看起來卻真像「殺了個人」一樣，有那麼一下子，他的神情只能用這種奇妙的說法來形容。

那個表情消失了，接著他開始激動地和黛西說話，對一切全盤否認，連沒人講到的罪狀也一併澄清，但他越說，黛西只是越往自己內心縮回去，因此後來他自己便放棄了；這午後的時光一點一滴流逝，唯獨那個死去的夢仍持續奮戰，它努力碰觸那再也不可及的目標，悒悒不樂奮力掙扎，絲毫不肯放棄，朝著房間另一頭那個失落的聲音堅持不懈。

那聲音又一次央求大家離開這裡。

「拜託，湯姆！我實在受不了了。」

她驚懼的雙眼說明了，無論她曾有過何種意圖、何種勇氣，此刻都已完全消失了。

湯姆說：「你們兩個回去吧，黛西，妳坐蓋茲比先生的車。」

她這時已心生警戒，望著湯姆，但湯姆卻仍大方而輕蔑地堅持。

「去啊，他不會煩妳的，我想他也知道，自己那不像樣的調情活動已經結束了。」

他倆不發一語便快步離開了，好像只是偶然路過，孤絕得宛若鬼魂，甚至連我們的同情也沒法碰觸到他們。

過了片刻，湯姆站起身來，用毛巾把那瓶始終沒打開的威士忌酒裹起來。

「想喝嗎？卓丹？……尼克？」

我沒回答。

「尼克？」他又問了一次。

「你說什麼？」

「你想喝嗎？」

「不用了……我突然想到，今天是我生日。」

我三十歲。眼前展開全新的十年，是一條不祥而險惡的路。

我們和湯姆坐上雙門車啟程回長島，那時已是七點鐘。一路上，湯姆叨叨說個沒完，喜形於色，不時放聲大笑，但他的聲音卻感覺離我和卓丹好遠，一如外頭人行道上陌生的喧鬧聲，一如頭頂上高架鐵路的嘈雜聲。人的同情心終究有其限度，此刻我倆只願讓他們悲劇般的爭執，隨著背後的大城燈火一同褪去。三十歲——這歲數所應許我的，將是另外十個寂寞的春秋，單身朋友越來越少，公事包裡盛裝的熱忱越來越少，頂上的頭髮也越來越少，然而我身旁有卓丹相伴，卓丹和黛西不同，睿智如她，從不會把早已忘卻的夢帶到人生的下一個階段。車開到黝黑的橋上時，她那張蒼白的臉慵懶地靠在我穿著外套的肩上，一隻手以穩定人心的力道挨著我，三十歲的可怖衝擊便隨之凋零散去了。

我們就這樣在漸涼的暮色中駛向死亡。

†

警方勘驗死因時，一個名叫米迦勒的年輕希臘人是主要的目擊證人，他是灰燼丘旁那家小咖啡店的老闆，白天暑熱當頭，他一路睡到下午五點多，睡醒後，他晃到車行去，發現喬治．韋爾森在辦公室裡一副病樣，病得很嚴重，臉色就和他頭上的金髮一樣蒼白，還渾身發顫。米迦勒勸他上床休息，但韋爾森卻不肯，說是這樣會錯過許多生意，就在這位鄰居竭力說服他時，他們頭頂傳來一陣劇烈的噪音。

這時韋爾森冷靜解釋：「我把我老婆鎖在樓上，要鎖到後天，後天我們就要搬走了。」

米迦勒震驚至極，他們當了四年的鄰居，韋爾森從來不像是會說出這種話的人，平常他就是那種無精打采的人，沒工作時就坐在門口椅子上，盯著外邊路上經過的人車，別人和他說話時，他總呵呵發笑，笑得宜人而無趣，他始終歸太太管，而不歸他自己管。

因此米迦勒自然想問清楚這是怎麼一回事，但韋爾森一句話也不說，反而開始半好奇半懷疑地打量這位上門的鄰居，還問他過去某幾天的某些時候都在做些什麼，正當這位芳鄰開始感到不舒服時，有位工人走過車行門口，朝他的餐館走去，他便藉這個機會脫身了，心想自己晚點再來。結果他沒過來，他說就只是忘記而已。接著他再出門時大約是七點出頭，他想起了下午和韋爾森聊天的事，因為那時他聽見韋爾森太太的聲音，她正在車行的一樓大聲斥罵。

「你打我呀！」米迦勒聽見她嚷道，「推我打我啊，你這骯髒的窩囊廢！」

不久，她便衝進外頭的暮色之中，揮舞著雙手，厲聲嘶吼，米迦勒還來不及走出他的店門，事情便發生了。

那輛「死神之車」（報紙上是這麼稱呼的）從頭到尾沒停下來過，車子自漸沉的夜色中驀地出現，撞了人之後悲慘地踟躕片刻，旋即開到下個轉彎處，消失得無影無蹤。米迦勒甚至不確定車子是什麼顏色，他和第一位警察說那輛車是淡綠色的，另外一輛汽車則往紐約的方向開，駕駛開了一百碼之後便停了車，匆忙奔回梅朵．韋爾森躺著的地方。她的生命猛然結束了，整個人跪在馬路上，濃稠深紅的血和灰燼混成了一片。

米迦勒和這個男人最早來到梅朵身邊，但他倆把她身上仍汗溼的襯衫撕開後，只見她的左胸已給撞得垂下來，像信封折口的紙片似的，已經沒必要去聽那胸脯下還有沒有心跳了。她的嘴張得大大的，嘴角都裂開來，彷彿她在放棄體內那股貯存多時的巨大生命力時，稍微嗆著了。

我們的車離事發地點還有一段路程時，便已看到前方聚集了三、四輛汽車和一小群人。

「車禍！」湯姆說：「這樣好，韋爾森終於有點生意做了。」

他把車速放慢，但還沒有要停下來的意思，然而等我們開得近些，他見到車行門前的人群沉默專注的神情，終於不自覺踩下煞車。

「我們去看一下，」他用懷疑的口氣說，「看一下就好。」

這時我才聽到，有一陣低悶空洞的哭嚎聲不停地從車行傳出來。我們下了雙門車，走向車行門口，才聽清楚那哭嚎聲是一個人在哽咽呻吟，他再三重複地說著：「啊，老天啊！」

湯姆興奮地說：「出事囉。」

他躡手躡腳走過去，在那圈人外面往車行裡張望。屋裡只點著一盞黃燈，那燈圍著鐵絲罩，在天花板上晃著，接著他從喉裡發出刺耳粗糙的一聲，那有力的雙手猛烈一推，便硬擠了進去。

這圈人喃喃抗議一陣後，旋即又聚攏起來，有好一陣子，我眼前什麼也看不到，接著新湧上來的人群衝散了原本的陣線，我和卓丹便突然給擠進屋裡了。

梅朵·韋爾森的屍首放在牆邊的一張工作檯上，有張毯子包著，外頭又裹著另一層毯子，彷彿她在這炎熱的夜裡著了涼似的。湯姆背對著我們，俯身望著屍首，整個人動也不動，他身旁站著一位摩托車警員，正揮汗在小冊子裡記著人名，一直改來改去的。那高聲的哀嚎在空蕩蕩的車行裡鬧嚷嚷地迴盪，一開始我還找不到聲音是哪裡來的，接著才看到韋爾森站在他辦公室高起的門檻上，雙手抓著兩邊門框，身子前後晃著，有個男人正低聲對他說話，還不時試著把手放在他肩上，但韋爾森彷彿聽不見也看不見，他的視線一會兒落在晃著的燈上，一會兒緩緩移到牆邊那張放著屍體的工作檯上，接著又遽然轉回去盯著那盞燈，而且不停歇地發出高聲而駭人的呼號：

「啊，老——天啊！啊，老——天啊！啊，老——天啊！啊，老——天啊！」

此刻湯姆驟然抬起頭來，呆滯的眼神朝車行四處瞥，接著他向那位警察咕噥了一句話，聽不清楚他在說什麼。

而警察嘴裡正唸著：「梅……呼……羅……」

剛剛那個男人糾正他：「不是，是『夫』，是梅——夫——羅——」

湯姆厲聲嘀咕道：「聽我說話！」

警察繼續唸道：「夫……羅……」

「然後是『傑』……」

「傑……」這時湯姆用他的大手霍然拍了警察的肩膀，警察這才抬起頭問道：

「怎樣，老兄？」

「怎麼回事？——我只是想問這個。」

「這女的被汽車撞了，當場就死了。」

「當場就死了。」湯姆兩眼發直重複這句話。

「她跑到馬路上，那狗娘養的從頭到尾都美（沒）把車停下來。」

「有兩台車，一台開過來，一台開過去，懂嗎？」米迦勒說。

「往哪裡開？」警察殷殷問道。

「兩台車各開一個方向。呃，她……」米迦勒舉起一隻手，原想朝毯子的方向指，但隨即又把手擺回身邊。「她跑出去，從紐約開來的那台車就直接撞到她，時速大概有三、四十哩。」

「這個地方叫什麼？」警官問。

「這個地方沒名字。」

這時一位淺膚色、衣著體面的黑人站了過來。

他開口：「那輛車是黃色的，黃色的大車，很新。」

「你看到撞人的經過嗎？」警察問。

「沒有，不過那輛車在前面從我旁邊開過去，時速超過四十哩，大概有五、六十哩以上。」

「你過來，我記一下你的名字。借過，我要問他的名字。」

韋爾森在車行辦公室門口來回晃著，而這段對話想必多少也傳進他耳裡了，因為這會兒他抽噎哭喊時又加進了新的主題：

「那是什麼車不用你們跟我說！我知道那輛是什麼車！」

我看著湯姆，看到他後肩的一塊肌肉在大衣底下繃得極緊，他快步走過去，站在韋爾森面前，雙手緊抓住韋爾森的上臂。

「振作一點。」湯姆用撫慰而粗啞的嗓音說。

韋爾森的視線落在湯姆臉上，他驚訝得雙腳一蹬，要不是有湯姆扶著，他整個人恐怕要跪倒在地。

「聽我說，」湯姆邊說，一邊輕搖著韋爾森，「我才剛從紐約過來，我開那輛要賣給你的雙門車過來，我今天下午開的那輛黃色的車不是我的，你聽見沒有？我整個下午都沒看到那輛車。」

只有我和那位黑人站得夠近，聽見了湯姆說的話，但警察從湯姆說話的語氣中聽出了什麼，他朝這邊望過來，帶著尋釁的神情。

「什麼事？」他質問。

「我是他的朋友。」湯姆把頭轉過去面對著警官，但雙手仍緊抓著韋爾森，「他說他知道撞人的車是哪一輛……是一輛黃色的車。」

警察突然受到一股隱隱的衝動驅使，一臉狐疑盯著湯姆。

「那你開的車是什麼顏色的？」

「藍色的，是一輛雙門車。」

「我們剛從紐約開來。」我說。

有一個人剛剛開在我們車子後面，他向警察證實這點，警察便轉回去了。

「好，你再跟我說一次名字，說清楚——」

湯姆把韋爾森像個娃娃般扶起來，攙他進車行辦公室，讓他在一張椅子上坐下，然後回到門外。

他用權威的語氣厲聲說：「誰進來這裡陪他坐一下吧。」湯姆看著離門邊最近的兩個男人彼此相視，不大情願走進辦公室，他隨即在他們背後把門關上，走下那格台階，視線始終避著那張工作檯。他走到我身邊時輕聲說道：「走吧。」

湯姆用他權威的雙臂替我們開路，我們三人便從越聚越多的群眾間穿過去，感覺眾人的目光似乎都在我們身上，走出去時還經過一位拎著公事包匆忙趕來的醫生，他是半小時前有人還存著一絲希望的時候打電話找來的。

湯姆車開得很慢，一直開到轉彎處，他才用腳猛地一踩，雙門車便在夜色中急速奔馳起來。過了一會兒，我聽見低沉嘶啞的啜泣聲，轉頭一看，只見他已淚流滿面。

「天殺的窩囊廢！」他低聲說，「他連停都沒停下來。」

†

路樹黑魆魆的，沙沙作響，布坎南家的房子倏地朝我們迎面襲來。湯姆把車停在門廊旁邊，抬頭往二樓望去，只見藤蔓間有兩道窗燈火通明。

他說：「黛西回家了。」我們下車時，他看了我一眼，微微皺起眉頭。

「我剛剛應該讓你在西卵下車的，尼克，我們晚上也不可能有什麼節目。」

他整個人變了，說起話來語調沉重，並且果決了起來；我們三人穿過月光照耀的碎石子路走向門廊，他簡單兩、三句話便把一切都安排妥當了。

「我等下打電話叫計程車載你回家，車來之前，你跟卓丹先去廚房，請人弄點晚餐給你們吃吧——如果想吃的話。」他把門打開，「進來吧。」

「不用了，謝謝，不過還是麻煩你幫我叫計程車，我在外頭等就好。」

卓丹把手放在我手臂上。

「你不進來嗎，尼克？」

「不了，謝謝。」

我感覺不大舒服，只想獨處，但卓丹又逗留了片晌。

「現在才九點半呢。」她說。

打死我也不想進去，和這批人相處了一整天，我實在受夠了，一時間，就連卓丹也開始令我反感。她想必也從我的表情裡看出了一點端倪，因為她倏地便轉過身去，跑上門廊台階，奔進屋裡去了。我把臉埋在手裡，在原地坐了幾分鐘，直到聽見屋裡的管家把話筒拿起來，在叫計程車的聲音，這才緩緩沿著車道走離這屋子。我想在大門旁邊等車來。

我走不到二十碼，便聽到有人在喚我的名字，只見蓋茲比從兩叢灌木間走到小徑上，那時我想必已經感覺十分詭異了，因為現在回想起來，我什麼印象也沒有，只記得他身上的粉色西裝在月光下熠熠生輝。

「你在做什麼？」我問他。

「沒什麼，老哥，就站著而已。」

不知怎地，這行為看上去十分卑劣，我感覺他像是下一刻鐘就要進屋裡行搶一樣，這時如果看到「渥夫斯罕那幫人」的邪惡面容在他後面的黝黑灌木間出現，我大概也不會驚訝。

過了片刻，他開口問：「你回來的路上有沒有見到什麼意外？」

「有。」

他遲疑片晌。

「她死了嗎？」

「對。」

「跟我想的一樣，我也跟黛西說她大概死了，就嚇個一次，這樣比較好，她還算挺得過去。」

他說得彷彿黛西的反應是唯一真正重要的事。

「我從一條小路開回西卵，」他繼續說，「我把車停在車庫裡，應該沒人看到我們，不過當然，我沒辦法打包票。」

這時我對他的憎惡已到了極點，甚至懶得跟他說他錯了。

「那個女人是誰？」他問。

「她姓韋爾森，是車行老闆的太太。你們究竟怎麼撞上人的？」

「呃，那時候我想轉方向盤——」他話講到一半便打住；我突然意識到事情的真相。

「開車的是黛西嗎？」

過了片晌，他答道：「對，但我當然會說是我開的車。跟你說，我們離開紐約的時候，她情緒太緊繃了，她說開車可以讓她穩定下來，結果我們和對向的一輛車會車的時候，那女人突然衝出來。事情發生得很快，但我感覺那女人似乎想和我們說話，大概把我們當成熟人了，總之，黛西本來想趕緊轉向，撇到對向那輛車的方向去，但後來她一緊張，又把車轉回去，我手抓到方向盤的時候，就感覺到衝擊的力道了，我知道她一定當場就死了。」

「她被撞得身體開花——」

「別告訴我，老哥。」他整張臉都糾結起來，「總之，後來黛西加速開走了，我叫她停車，可是她不肯，我就拉了緊急煞車，接著她整個人倒在我腿上，我就接手開車。」

然後他又說：「她明天就沒事了，我只是想守在這裡，以免那傢伙會因為今天下午的不愉快，對她做出什麼事來。黛西已經把她房門鎖上了，如果他想動粗，黛西會把燈打開讓我知道。」

「他不會碰她的。」我說：「他現在心裡根本沒在想她。」

「老哥，我不相信那傢伙。」

「你打算在這裡守多久？」

「必要的話我會守整晚。反正至少要等到他們都睡了為止。」

此時我腦中突然出現一個全新的觀點。如果湯姆發現是黛西開的車，他或許會做很多聯想，他會怎麼聯想都有可能。我看著他們的房子，這時一樓有兩、三道窗是亮著的，黛西的房間在二樓，散發著粉紅色的光輝。

「你先在這裡等，我去看看屋裡有沒有騷動的跡象。」

我沿著草坪邊緣走回去，輕手輕腳橫越碎石子車道，再踮腳悄聲踏上陽台走廊的台階。客廳的窗簾沒拉上，我一看，裡頭沒人。接著我走過門廊，三個月前某個六月的夜晚我們還一同在這裡吃晚飯，然後來到一小塊方形的燈光前，我猜這大概是廚房儲藏室的窗子吧，窗戶的百葉窗拉上了，但我發現窗台處還留了條縫隙。

只見黛西和湯姆隔著廚房的桌子面對面坐著，兩人中間擺著一盤冷了的炸雞和兩瓶麥芽啤酒，湯姆對著桌子另一端的黛西專注地說話，說得極認真，一隻手還擺到黛西手上，黛西則不時抬頭看他，並點頭表示同意。

他倆看來並不快樂，桌上的炸雞和啤酒也連碰都沒碰，但他們看起來也不算不快樂，這幅畫面裡無疑有著一股自然的親密氣氛，而且任誰見了都會說這兩人必定是在共謀著什麼事。

我從門廊上躡手躡腳走回去，這時已聽到計程車在暗夜的路上往房子這裡開來的聲音，蓋茲比仍在車道上原地等著。

他焦急問：「裡頭都安靜了嗎？」

「對，都靜了。」我猶豫了幾秒，「我看你回家休息一下吧。」

他搖頭。

「我要等到黛西上床睡了為止。老哥，晚安。」

他雙手插進外衣的口袋，急切轉過身去繼續監視屋子，彷彿我在這兒是干擾了他神聖的守夜行動，因此我便跨步離去，留他獨自一人佇立在月光下——徒勞空守。

# 第八章

我整晚無法入睡，長島海峽上的霧笛整晚呻吟不休，我帶著病意，在古怪的現實和野蠻可怕的夢境間輾轉反側。天快亮時，我聽見計程車開進蓋茲比家車道的聲音，便立刻跳下床穿衣服，我心裡感覺好像有事情想立刻告訴他、警告他，彷彿如果等到早上便要來不及了。

我跨越蓋茲比家的草坪，看見他的前門仍開著，而他就在玄關裡，靠著一張桌子，看上去十分沉重，不知是因為懊悔或是睡意。

他一臉倦容對我說：「什麼事也沒有。我一直在那兒守著，後來大約四點的時候，她走到窗戶旁，在那裡站了一會兒，就把燈熄了。」

接著我和他在一個個偌大的房間裡梭巡，找著香菸；那天深夜，他的宅邸令我感覺巨大無比，以前從沒這種感覺。我們推開那些大如棚閣的窗簾，在黑沉沉、不知有幾呎長的牆上摸索著電燈開關，我還一度腳滑，撞在一架鬼影似的鋼琴上，琴鍵嘩啦啦發出一陣響。屋裡到處都是多得不可思議的灰塵，每個房間都透著霉味，彷彿已經許多天沒有通風。我在一張先前沒見過的桌上找到了雪茄盒，裡頭有兩支放了太久乾掉的香菸，我們一把打開客廳的落地長窗，坐下對著黝黑的夜色抽菸。

我說：「你得避一避，他們一定會追出你的車子的。」

「現在就走嗎，老哥？」

「去大西洋城避一個禮拜，或者往北到蒙特婁去吧。」

但他卻完全不考慮，在獲知黛西的決定前，他根本不可能離開她身邊。他仍緊抓著最後一絲希望，我不忍心把他拉開。

他便是在這晚告訴我，他年少時跟在丹恩．寇迪身邊的奇異故事，他之所以說出來，是因為在湯姆的蠻橫惡意下，「傑伊．蓋茲比」已像玻璃般粉碎了，這場盛大演出多時的祕密戲碼終於落幕。我想到了這時，他應該什麼事都能承認，沒什麼好保留的了，只是他當時只想談黛西的事。

黛西是他這輩子所認識的第一個「好人家的女孩」，從前他也靠著一些不為人知的本領，接觸過像她這樣的人，但他與她們之間總有一道無形的鐵絲網隔著，黛西成了他熱切渴慕的對象。他常去她家，起初是和泰勒營的其他軍官，後來便開始自己去了。黛西的家使他著迷，他以前從未踏進這麼美麗的宅邸中，但那房子之所以具有一股令他屏息的力量，是因為黛西就住在裡面——那裡之於黛西，正如同他營中的帳棚之於他一般稀鬆平常。對他來說，那屋子擁有一股醇美的神祕氛圍，彷彿樓上的一間間臥房比其他房間都要美麗涼爽，彷彿走廊上正進行著許多愉快燦爛的活動，彷彿屋裡上演著許多戀情，這些戀情並不是帶著霉味、已撒上薰衣草花瓣收藏起來的古老情事，而是新鮮的，還呼吸著，帶著年度閃亮新車的味道，帶著鮮花永恆綻放的舞會的氣息。許多男人都愛著黛西，就連這點也使他興奮，在他眼裡，這只是更抬升了她的身價。他感覺黛西家裡四處都是這些愛慕者存在的痕跡，他們的情緒仍活躍著，製造出光影和迴音，瀰漫在空氣中。

但他心裡明白，他能進到黛西家裡完全是個巨大的意外，無論他身為傑伊．蓋茲比，將來會有怎樣的光明前程，當下他都只是一個身無分文、沒有過去的年輕人，他身上的軍服是一件看不見的斗篷，隨時可能從他肩上滑落，因此他竭盡所能把握時間，能得到什麼都出手，狼吞虎嚥、不擇手段，最後他終於在十月一個寧靜的夜裡占有了黛西；他碰她的身體，是因為他根本沒權利碰她的手。

他大可唾棄自己，畢竟她給了他，是因為他給她錯誤的印象，我並不是說他假裝自己有百萬家產，不過他確實刻意給黛西一種安全感，他讓黛西以為他和她來自差不多的社會階級，使她相信他完全有能力照顧她，然而事實上，他根本沒這樣的本錢，他背後沒有雄厚的家庭背景撐腰，眼前又隨時可能被不順人情的政府派到任何一個海角天邊。

可是他卻沒有唾棄自己，而事情的發展也出乎他的意料。他原本大概只想玩玩後一走了之，但後來卻發現自己如同追尋聖杯一般，投入了真心真意。他明白黛西並非尋常女子，但他不知道一個「好人家的女孩子」竟是這般與眾不同，在那之後，她隱身遁回她富裕的屋宇之中，回到那富裕豐盈的生活裡，什麼也沒留給蓋茲比。唯一不同的是，他心裡感覺自己像是已經和她結婚了。

兩天後，他們再度見面，那時緊張得透不過氣來的是蓋茲比；不知怎地，他感到彷彿遭背叛一般。她家的門廊燈火通明，一盞盞金錢買來的奢華星星閃耀著，她把身子轉向他，籐編長沙發吱嘎作響的聲音也顯得時髦，他吻她美妙動人的唇，那時她患了感冒，卻使得她的聲音更沙啞，比平常更迷人，而蓋茲比無可抗拒地意識到，財富能囚住並保存青春和奧祕，還有只要擁有許多華服便能永保清新亮麗，他也深深意識到黛西的存在，她像銀子般閃耀，高踞在無虞而得意的生活中，與底下艱苦搏鬥的貧寒人家處於兩個世界。

†

「我發現自己愛上了她，那時候心裡的感覺啊，老哥，我簡直沒辦法跟你形容，甚至有一段時間，我還希望她把我甩了，但她卻沒有，因為她也愛上我了，她說她覺得我這個人見多識廣，知道許多她不知道的事……總之呢，我就那樣把雄心壯志拋到腦後，對她的愛每分每秒越來越深，突然間，我什麼也不在意了；如果我跟她說我想做的大事就能讓她更快樂，那又何必真的去做那些大事呢？」

在他被派出國前的最後那個下午，他把黛西摟在懷裡坐了許久，兩人都靜默無語。那是個寒涼的秋日，房裡燒著爐火，她的雙頰微微發紅，她不時會挪挪身子，他便稍微動一下胳臂，中間他一度在她烏黑閃亮的髮上吻了一下。那個午後使他倆的心都稍微沉靜下來，彷彿要給他們一個深刻的回憶，以面對隔天即將開始的漫長別離。她恬靜不語，以雙唇拂過他覆著大衣的肩膀，他撫摸她的指尖，極輕極輕，彷彿她正睡著似的；他倆在在過去一個月的相戀中，從未感覺如此親密，也從未與其他人如此深刻地傳情達意。

†

他在戰爭中表現奇佳。他在上前線之前已擔任上尉，但在阿爾岡戰役之後便升成了少校，指揮一個師的機槍分隊。大戰停火後，他發狂似地想方設法要回國，但不知是情勢複雜或出了什麼誤會，他竟給送到牛津大學去，這時他開始擔心了，黛西寫來的信透露出一種緊張絕望的意味，她不懂為什麼他還沒辦法回去，她已經感到外頭世界所施加的壓力，她想見到他的人，感覺到他就在身邊，她希望能確定自己終究做了正確的決定。

因為黛西青春正盛，她身處在一個矯揉造作的世界裡，處處蘭香飄送，身旁男女盡懷抱著舒服快活的優越心理，樂隊奏著年度風行的旋律，以一首首簇新的曲子，訴說生活種種的憂傷和誘惑。薩克斯風徹夜嚎著〈畢爾街藍調〉的絕望哀嘆；成百的金銀舞鞋踢起一陣陣光芒閃動的塵土。到了灰茫茫的午茶時刻，這般低沉甜蜜的狂熱總在一些房裡悸動不休；一張張新鮮的面孔在這兒那兒晃著，彷若地板上那一瓣瓣玫瑰花瓣，讓哀怨的喇叭樂音吹得四處飄。

在這個暮色般飄渺的世界裡，黛西再度隨著四季而動，突然間，她又開始每天和五、六位男士約會，總一直到破曉時分才昏沉睡去，晚禮服上的珠飾和雪紡則混雜著凋萎的蘭花，在床邊腳下散亂一地。在這段期間，她心裡始終有個聲音吶喊著，要她做出決定，她希望自己的人生能成形，現在立刻成形，而這個決定需要有個近在眼前的力量來驅使——真愛也好，金錢也罷，任何一個不容置疑的實際需求都行。

到了仲春時節，隨著湯姆·布坎南來到，這股力量翩然成形了。他的體態樣貌和社會地位都健碩雄厚，令黛西感覺十分有面子。不消說，她是猶豫掙扎過，但決定後卻也感到如釋重負。她的信寄到蓋茲比手中時，他仍在牛津。

這時長島已是拂曉時分，我和蓋茲比去把一樓的其他窗戶全開了，屋裡便流瀉著逐漸灰白、澄金的光線。一道樹影霍然成形，灑落在晨露上，鳥兒不知躲藏在哪裡的藍葉間放聲歌唱，空氣中有一股徐緩舒適的氣流，稱不上是颳風，但似乎應許著這天會是個涼爽宜人的好天氣。

「我認為黛西從沒愛過他。」蓋茲比突然從一道窗前轉過身來，挑釁地看著我，「老哥，你一定也記得，黛西今天下午原本多興奮，是他把事情說成那樣，黛西才嚇壞了，他把我說得像是什麼癟三騙徒似的，結果黛西就給弄得胡言亂語起來。」他鬱鬱不樂地坐下。

「當然，他們剛結婚的時候，她可能也稍微愛過他，但就算在那時候，她一定也比較愛我，不是嗎？」他倏地下了一句奇妙的評語。

「總之，她對他只是一般的小情小愛。」他說。

聽到這話，大概只能感覺到他認為自己和黛西的愛無法用一般的觀點衡量，他把這事看得極重極重，除此之外還能怎麼想？

後來他從法國回來時，湯姆和黛西仍在蜜月旅行。他用最後一點軍餉，到路易維爾走了一遭，那是趟悲慘的旅程，但他無法忍住不去。他在那兒待了一個禮拜。他倆曾在十一月的夜裡並肩在街上漫步，或開著她的白色汽車到一些僻靜的地方，這時他一一舊地重遊。正如同黛西的家在他眼裡永遠比其他房子更神祕、更快活，路易維爾對他來說亦是如此，儘管黛西已離開此地，這座城市仍瀰漫著一種憂傷的美感。

他動身離開時，心裡的感覺是如果自己再努力一點找，似乎便能找到黛西——他感覺自己彷彿拋棄了她。這時他已身無分文，搭的是一般車廂，裡頭很熱。他走到車廂外頭的共用走道，坐在一張折椅上，看著路易維爾車站從眼前溜走，一棟棟陌生建築的背影掠過，接著便駛進開闊的春日原野，一列黃色的有軌電車和這列火車並肩齊駛了一會兒；電車上的那些人，或許也曾在街頭偶然見過黛西那白皙夢幻的臉龐。

鐵軌拐了個彎，開始偏離太陽的方向，落日餘暉灑落在那座逐漸消失的城市上空，似乎在祝福這個黛西曾呼吸、生活的地方。他絕望地伸出一隻手，彷彿想攫取一絲空氣，把這因她而美的地方保存一小片下來，但此刻在他迷濛的眼下，一切都退去得太快，他明白那最新鮮美好的一部分已失去，一去不回頭了。

我們吃過早餐後，走到外面的門廊上，這時已是早上九點。經過昨夜，天氣驟然改變，現在空氣中已帶著秋日的氣息，蓋茲比的園丁，也就是他那批舊傭人中僅剩的一個，走到台階前說：

「蓋茲比先生，我今天要把游泳池的水放掉了，不然很快就會開始掉樹葉，到時候水管會塞住。」

「今天先別放。」蓋茲比答完，轉過頭來帶著歉意對我說：「你知道嗎，老哥，我這整個夏天都還沒用過那個游泳池呢。」

我看了一下錶，站起身來。

「我的火車再過十二分鐘就要開了。」

其實我並不想進城，我連一丁點工作都不想做，但原因不只如此——主要是因為我不想離開蓋茲比。我便錯過了那班火車，又錯過了下一班，好不容易才勉強逼自己離開。

最後我對蓋茲比說：「我再打電話給你。」

「好，老哥，你再打給我。」

「我中午左右打給你。」

我倆緩緩走下台階。

「黛西應該也會打電話來。」他焦慮望著我，彷彿希望我能向他證實這點。

「應該吧。」

「好吧，那就再見了。」

我倆握了手，我便跨步走開，快走到樹籬附近時，我倏地想起一件事，便轉過身去。

「他們是一群爛人，」我朝著草坪另一頭大喊，「你比天殺的那一群人加起來都要好。」

我一直很慶幸自己當初說了那句話，那是我對他唯一說過的恭維話，因為我自始至終都不認同他這個人。他先是客氣點了點頭，接著便露出一個心領神會的燦爛笑容，彷彿我倆始終謀劃著這件事而樂不可支一樣。他身上那套漂亮的粉紅西裝這時已骯髒不堪，但襯著背後純白的台階，形成一塊亮麗的顏色。我想起三個月前初次來到他這棟大屋的那夜，當時草坪和車道上擠滿多少張面孔，眾賓客都臆測著他在從事什麼齷齪的勾當，而他就站在那道台階上，與眾人揮手道別，心裡藏著那個純潔的夢。

我向他道謝，謝謝他的殷勤款待，我們總是在謝謝他的殷勤款待——我和其他所有人都是。

「再見。」我喊著，「這頓早餐很棒，蓋茲比。」

進城上班後，我撐了一會兒，勉強列了一堆沒完沒了的股票價格，後來就忍不住在旋轉椅上睡著了。快中午時，我被一通電話嚇醒，額頭上汗涔涔的。是卓丹·貝克打來的，她常在這時間打電話給我，因為她每天不一定會在飯店、俱樂部或誰的家裡，因此別人很難主動找她。通常她的聲音從電話線另一頭傳來時，總會讓我感覺清新舒爽，宛若一塊從翠綠高爾夫球場上削下來的草皮飛進辦公室窗裡，但這天早上，她的聲音在我耳裡卻顯得苛刻冰冷。

「我離開黛西家了。」她說。「我現在在漢普斯德，中午過後會下去南安普敦。」

離開黛西家或許是很圓滑的作法，但卻讓我感覺十分不舒服，而且她下一句話更讓我當場僵住。

「你昨天晚上對我不怎麼好喲。」

「那時候誰還管得到這個？」

靜默了片晌，接著她說：

「但是——我還是想見你。」

「我也是。」

「還是我下午不去南安普敦，進城去找你好了？」

「不好，今天下午不方便。」

「隨便你。」

「今天下午沒辦法，有很多——」

我們就像這樣談了一會兒，接著突然間兩人都不再說話了，我忘了是誰喀噠一聲用力掛上了電話，但我還記得當時我根本不在意，就算今生不再有機會和她說話也無所謂，那天我也實在沒辦法和她喝茶談天。

幾分鐘後，我撥電話到蓋茲比家裡，但他的電話正忙線中，我一共打了四次，最後有位接線生氣急敗壞接起電話，跟我說有人要從底特律打長途電話去，因此這線電話得暫時保留。我拿出火車時刻表，用筆在三點五十分的班次上畫了個小圈，接著我往後靠著椅背，試圖努力思考，這時才中午而已。

†

早上火車經過灰燼丘時，我刻意移到車廂另一側的位子，因為我想那附近鐵定從早到晚都有好事的人聚集著，小男孩會在塵土間尋找暗色的血跡，還會有某個饒舌的人再三敘述事發經過，越說越扯，講到自己也覺得離譜得講不下去為止，梅朵・韋爾森的悲劇事蹟便就此被遺忘。現在我想回頭說一下前晚我們離開後，車行那兒的情形。

眾人費了好一番工夫才找到梅朵的妹妹凱瑟琳，她那晚肯定是難得破戒喝了酒，因為她到車行時，整個人醉得離譜，怎樣也聽不懂救護車已經開到法拉盛去了。後來大家好不容易和她說清楚了，她立刻就昏厥過去，彷彿這是整件意外中最令她受不了的事，有個人不知是好心還是好奇，自願開車載她去，跟在她姊姊的遺體後面。

午夜過後許久，車行前面仍始終有新的圍觀群眾湊上來，喬治・韋爾森則坐在裡面沙發上，身體來回晃個不停。後來他辦公室的門開了一會兒，在車行裡的人都忍不住朝裡頭瞄一眼，後來終於有人說這樣真要不得，便把門關上。米迦勒和其他幾個男人在裡頭陪韋爾森，起初有四、五個人，過了一陣子剩兩、三個，最後米迦勒請最後一個想走的人多待十五分鐘，讓他回自己店裡煮一壺咖啡。在那之後，米迦勒便獨自一人在那兒陪韋爾森，直待到天亮才離開。

大約凌晨三點時，韋爾森原本語無倫次的咕噥變了，他話變少了，而且開始講到那輛黃色的車。他說他有辦法找出那輛黃色汽車是誰的，接著又脫口而出，說兩、三個月之前，有天他太太從城裡回來，臉上青一塊紫一塊，鼻子也腫了起來。

但這話一說出口，他自己便瑟縮了一下，接著又呻吟著哭嚎道：「啊，老天啊！」米迦勒開始笨拙地設法轉移話題。

「你結婚多久啦，喬治？來，你坐好，靜一下，回答我，你結婚多久了？」

「十二年。」

「有小孩嗎？來，喬治，你坐著別動，我問你一個問題，你們有小孩嗎？」

那些硬殼的棕色甲蟲不停撞著黯淡的燈泡。一整晚，米迦勒只要聽見外頭馬路上有汽車疾駛而過，都覺得是幾個小時前那輛沒停下來的車，他不想走到車行裡，因為剛剛擺屍體的工作檯上仍血跡斑駁，因此便老大不自在地在辦公室裡四處走，天還沒亮，他便已經把辦公室裡每一樣東西都看熟了，他也不時坐到韋爾森身邊，試著安撫他的情緒。

「喬治，你平常會去哪個教會嗎？可能很久以前去過的？我可以打電話給教會，請牧師過來跟你聊一聊，好嗎？」

「我沒有教會。」

「你應該要有教會啊，喬治，像這種時候就很需要，你至少一定去過吧？你結婚的時候不是在教堂嗎？喬治，聽著，你聽我說話，你結婚不就是在教堂嗎？」

「那是很久以前的事了。」

他這一回答，連身體搖晃的節奏都給打斷了，韋爾森安靜了一會兒，接著他黯淡的雙眸中再度出現先前那種半知半解、有些困惑的神情。

他指著辦公桌說：「你去看那個抽屜裡頭的東西。」

「哪個抽屜？」

「那個抽屜——那一個。」

米迦勒打開他手邊最近的一道抽屜，裡頭空蕩蕩的，只有一小條看起來十分昂貴的狗皮帶，真皮編的，亮銀色，明顯是全新的。

「這個嗎？」他拿起皮帶問。

韋爾森眼睛直盯著那條皮帶，點了點頭。

「我昨天下午找到的，她還想跟我解釋，但是我知道這裡頭一定有問題。」

「你說這是你老婆買的嗎？」

「她把皮帶用棉紙包起來，擺在她桌上。」

米迦勒覺得這事一點也不怪，他跟韋爾森說了十來個他太太會買那條狗皮帶的理由，但不難想像，那些理由其中一定有些是梅朵跟他說過的，因為他又開始低聲呢喃著：「啊，老天啊！」這位設法安慰他的仁兄只得把其餘理由吞回去。

「結果他就把她殺了。」韋爾森突然張大了嘴說。

「你說誰？」

「我有辦法查出來。」

他這位好友說：「你病啦，喬治，你受到的打擊太大，現在都不知道自己在說什麼了，你最好靜靜坐著，等早上再說吧。」

「她被那男的謀殺了。」

「喬治，那是意外。」

韋爾森搖搖頭，瞇起眼，嘴巴微微咧開，優越地發出幽幽的「嗯！」一聲。

「我確定。」他斬釘截鐵說，「我這人很相信人，也從來不想害人，可是只要我知道的事一定錯不了，就是車裡那個男的，梅朵跑出去想跟他講話，但是他不想停車。」

那一幕米迦勒也親眼見到了，但他一直沒想過那背後有這樣的重要意涵，他認為韋爾森太太當時只是想跑開她丈夫身邊，並沒有想攔下哪輛車。

「她怎麼會這樣？」

「她一直讓人想不透啊。」韋爾森這樣說，彷彿自己回答了他的問題似的。

「啊——」

他又開始搖晃起來，米迦勒則站著，手裡扭著那根狗皮帶。

「喬治，你有沒有什麼朋友，我可以打電話請他們來？」

米迦勒不抱指望，他幾乎能確定，韋爾森連一個朋友都沒有，他成天應付他太太都來不及了。過了片晌，米迦勒注意到房裡有些不同，心裡高興起來，窗邊有一抹藍色越來越清晰，他發現天已經快亮了。這時大約是五點鐘，外頭的天色已經透藍，能關燈了。

韋爾森呆滯的雙眼望向灰燼丘，灰燼丘上方飄著幾朵灰雲，小小的，各自有著奇怪的形狀，被破曉時分的微風吹得四處飄。

沉默許久後，韋爾森咕噥說：「我跟她講過，我跟她說，她或許騙得過我，但她騙不了上帝，我把她拉到窗戶前面——」他使勁站起身，走到後面的窗子前，把臉貼在窗上，「我說：『妳做的事上帝都知道，妳做了什麼事祂全知道，妳就算騙得過我，也騙不過上帝！』」

米迦勒站在韋爾森背後，看見他正盯著艾柯堡醫師那雙從消融夜色中浮現的蒼白大眼，心頭一驚。

「上帝什麼都看得見。」韋爾森重複道。

「那是廣告啊。」米迦勒安撫他，不知為何，他只想把目光從窗口轉回屋裡，而韋爾森則在那兒站了許久，臉湊在窗玻璃旁，對著曙光點頭。

†

到了早上六點，米迦勒已筋疲力盡，這時他聽到有輛車在外頭停下，心裡覺得感激極了。那人是前晚圍觀的群眾之一，臨走之前答應會再過來。米迦勒便弄了三人份的早點，只不過全是他和那個男人吃的。韋爾森這時已安靜許多，米迦勒回家去睡了，過了四個鐘頭，米迦勒醒來，急忙趕回車行，卻發現韋爾森已不見蹤影。

後來眾人追查韋爾森的行蹤（他從頭到尾都用走的），先是追到了羅斯福港，接著又追到蓋滋山莊[1]。韋爾森在蓋滋山莊買了一份三明治，但一口也沒吃，此外還買了杯咖啡。他想必十分疲倦，走得極慢，因為他走到蓋滋山莊時已是中午。截至此時，要知道他哪個時間點到了哪裡並不難，路上有幾個小男孩都說，看見一個男人「看起來瘋瘋癲癲的」，還有幾位汽車駕駛說，韋爾森在路邊古怪地盯著他們瞧，但接下來的三個鐘頭他卻消失無蹤。警方根據他對米迦勒所說的「他有辦法查出來」，研判他這段期間應該是到各家車行打聽黃色汽車的下落，然而另一方面，卻沒有車行說見過這個人，因此或許韋爾森是用更簡單明確的方法在調查。到了下午兩點半，他人已到了西卵，並問人蓋茲比家在哪，可見此時他已經打聽出蓋茲比的名字。

下午兩點時，蓋茲比換上泳衣，並交代管家如果有人打電話來，就到泳池邊告訴他。他到車庫拿出一個整個夏天賓客都用得十分盡興的充氣墊，司機幫他把氣灌飽了，接著他吩咐司機，說那輛敞篷車無論如何都不能開出去，這吩咐非常詭異，因為那輛車右前方的擋泥板明顯需要修理。

蓋茲比扛著氣墊朝泳池走去，途中還停下腳步，把氣墊稍微換了個位置，司機問他需不需要幫忙，但他只搖搖頭，隨即走進秋日漸黃的林木間，消失無蹤。

電話始終沒打來，但管家仍沒睡午覺，一直等到下午四點鐘，這時即便有人打來，也早已沒人能接聽了。我感覺蓋茲比自己也相信黛西不會打來，或許他也不在意了。如果真是這樣，他當時想必感覺自己失去了從前那個溫暖的世界，感覺自己

---

1 蓋滋山莊（Gad's Hill）為虛構地名，作者使用這個地名的緣由有幾種可能。其一，「蓋滋」的原文發音與「蓋茲比」（Gatsby）相近；其二，此地名與英國文豪莎士比亞戲劇《亨利五世》劇中曾出現的地名「蓋茲山」（Gadshill）極近似；最後，有一說法指出本書有許多元素皆呼應基督教故事，而「蓋滋」的原文「Gad」發音近似於「上帝」（God）。

長久以來為了單單一個夢而活，這是多麼高昂的代價。他想必曾抬頭透過駭人的林葉隙縫，仰望那方陌生的天空，顫抖著發現玫瑰其實如此醜陋，而陽光映照在新冒出的嫩草上，竟是如此寒涼，這是一個新世界，存在卻不真實，可憐的鬼魂把夢想當成空氣呼吸著，隨機四處飄蕩……一如那個面色如土的怪誕身影，正從飄忽不定的林木間朝他飛掠過來。

當時蓋茲比的司機（渥夫斯罕的愛將之一）聽到了槍聲，事後他只說自己聽見時沒想太多。我從車站驅車直抵蓋茲比家，慌忙奔上屋前台階，眾人竟到這時才警戒起來，但我至今深信，這幫人其實早就知道發生了什麼事，我、司機、管家、園丁四個人幾乎沒說什麼話便直奔樓下的游泳池畔。

泳池裡一頭有乾淨的水注入，另一頭排水，池水便以幾乎難以察覺的幅度微微流動。充氣墊給沉沉壓著，往泳池另一端胡亂漂去，在水面上漾出一道道稱不上水波的小漣漪，墊子載著意外的重物，循著意外的方向漂流，儘管風很小，在水面上甚至撩不起波紋，卻已足以擾動漂流的方向。氣墊漂著漂著，碰到一團落葉，便徐徐轉了方向，宛若圓規的腳，在水中畫出一道細細的紅圈。

我們抬起蓋茲比要走回屋裡時，園丁才看見韋爾森的屍體在不遠處的草地上，這場大屠殺方告終結。

# 第九章

事隔兩年，如今回想起在那之後的白天和晚上，以及隔天一整天，我只記得許多警察、攝影師和記者像軍隊一樣無止無盡在操練，不停從蓋茲比家的前門進進出出。大門口拉起了一條繩索，有位警察在那兒擋住好奇的民眾，但一些小男孩很快就發現可以從我家院子溜進去，於是泳池邊始終有幾個小孩子瞠目結舌地聚在那兒。當天下午，有個人一副十分有自信的架勢，或許是警探吧，他俯身打量韋爾森的屍首，然後說了句「瘋子」，這人的權威口吻無心說了句話，就這樣替隔天早上的報導定了調。

報紙上絕大多數的報導就像一場惡夢，全是荒誕臆測之事，嗜血又與事實不符。調查死因時，米迦勒供出韋爾森懷疑太太不忠的事，我原以為這下整件事會立刻被渲染成香豔刺激的八卦消息，沒想到看似多嘴的凱瑟琳卻一個字也沒說溜嘴，而且在這件事情上展現了驚人的品德，她在那兩道調整過的眉毛下，以堅定的眼神看著驗屍官，發誓說她姊姊從沒見過蓋茲比，並說梅朵與丈夫十分幸福美滿，絕沒做過不檢點的事，她說得連自己都相信了，把臉埋在手帕裡大哭起來，彷彿這種懷疑她連聽到都受不了。就這樣，韋爾森被貶為一個「過度悲痛導致精神異常」的人，以便維持案情單純，這個案子就此不了了之。

然而在我看來，這些枝節根本無關緊要，我發覺自己站在蓋茲比這一邊，而且是孤軍一人。自我打電話到西卵鎮通報這樁慘事開始，各方對蓋茲比提出的揣測和有待答覆的實際問題，全都問到我這兒來了。起初我驚詫困惑，接著眼見蓋茲比就那樣躺在他家，一動也不動，沒呼吸、沒說話，一小時一小時過去，我才漸漸接受我得擔起責任的這個事實，因為這事沒其他人感興趣，我的意思是，每個人走到最後，或多或少都能得到他人由衷的掛念，但眾人對蓋茲比卻全無這種感覺。

我們發現蓋茲比屍體的半個鐘頭後，我便毫不猶豫打電話給黛西，但她和湯姆那天下午很早就出門去了，還帶了行李。

「沒說要去住哪嗎？」

「沒有。」

「那有沒有說他們什麼時候會回來？」

「沒有。」

「那你知道他們可能去哪嗎？我要怎麼找到他們？」

「不知道，我說不準。」

我想幫蓋茲比找些人來，我想走進他躺著的房間裡向他保證：「蓋茲比，我會替你找到人來的，別擔心，交給我吧，我一定會幫你找到人來——」

電話簿裡找不到梅爾．渥夫斯罕的名字，後來那管家把渥夫斯罕在百老匯的辦公室地址給我，我便打去查號台問，但我問到電話號碼時已是五點多，電話沒人接聽。

「再打一次好嗎？」

「我已經打三次了。」

「這事很重要。」

「不好意思，但是那裡恐怕沒人在。」

我回到客廳，一時還以為有客人臨時登門造訪了，接著才意識到客廳裡擠滿的全是公務人員。但他們把布掀開，用無動於衷的眼神看著蓋茲比，那時他又在我腦裡繼續抗議道：

「嗳，老哥，你要替我找人來呀，你要盡力幫我呀，這段路我沒辦法自己一個人走。」

這會兒開始有人問我問題，但我隨即脫身走上樓去，焦急翻找蓋茲比沒上鎖的書桌抽屜，他從沒明確說過他父母是否已經過世，然而房裡什麼也沒有，只有牆上掛著丹恩．寇迪的照片，那幀已被遺忘的暴力象徵，朝下盯著我瞧。

隔天早上，我請蓋茲比的管家送封信到紐約給渥夫斯罕，信裡問了他一些事，並懇請他立刻搭火車趕來。我寫信時，還覺得這個請求根本就是多餘的，我很確定他看到報紙時必定會大吃一驚，正如同我也確信黛西會在中午前發電報來——沒想到，電報沒來，渥夫斯罕先生也沒來，完全沒人登門悼問，只有越來越多警察、攝影師和報社記者上門來。後來管家回來，捎來渥夫斯罕的回信，這時我心裡便開始有了憤慨的感覺，我感到自己和蓋茲比已團結起來，蔑視著這全部的人。

親愛的卡洛威先生：

這事是我此生最震驚的事情，我簡直難以置信。那人做出這種瘋狂行徑，我們都該好好思考。我現在有要事纏身，不宜牽扯進來，所以恐怕無法過去。之後若有能幫忙的地方，再請讓艾德格送信過來。我知道這件事時悲痛不已，簡直忘了自己身在何處，幾乎完全崩潰。

梅爾．渥夫斯罕謹上

接著下方又潦草添了一句：

喪禮等事再請通知，他家人我完全不認識。

當天下午有人打了通電話來，長途電話的接線生說是從芝加哥打來的，我心想黛西總算打來了，沒想到電話接通了卻是個男的，聲音聽起來微弱而遙遠。

「我是史雷哥……」

「你好？」這名字我沒聽過。

「天殺的壞消息，對吧？你接到我的電報沒有？」

「我沒收到什麼電報。」

「小帕克遭殃了。」他飛快說，「他到櫃臺交債券的時候當場被逮了，五分鐘前紐約那邊有人通報，把號碼告訴他們。喂，這事你覺得呢？誰想得到那種鄉下地方也會——」

「喂？」我氣急敗壞打斷他的話，「噯，我不是蓋茲比，蓋茲比先生死了。」

那人在電話另一頭沉默許久，接著發出一聲驚呼……然後嘎的一聲，電話便掛斷了。

†

我印象中是第三天吧，有封電報從明尼蘇達州的小鎮拍來，署名亨利．蓋茲，電報裡那人只說他會馬上出發，請我務必把喪禮延期。

這就是蓋茲比的父親，他是位嚴肅的老人，看起來茫然無助，愕然失措，儘管這時是溫暖的九月天，他身上卻裹著一件廉價的粗布長版大衣。他的眼睛源源不絕流瀉出一股激動的情緒，我伸手接過他的提包和雨傘後，他不斷抓著自己稀疏的灰鬍子，使我費了一番工夫才幫他脫下外套。他看起來瀕臨崩潰狀態，我便把他領進演奏間，請他坐下，然後請人送些吃的來。但他不想吃東西，而且手顫抖不休，玻璃杯裡的牛奶都灑了出來。

他說：「我在芝加哥的報紙上看到的，芝加哥報紙寫得很詳細，我馬上就趕來了。」

「我先前不曉得要怎麼聯絡您。」

他的眼睛忙不迭往演奏間四處張望，卻沒真的仔細在看。

「那人是個瘋子。」他說。「他一定是瘋了。」

「您要不要喝點咖啡？」我殷殷地問。

「我什麼都不需要，我沒事……您姓什麼來著？」

「卡洛威。」

「呃，反正我現在沒事了。他們把小傑放在哪裡？」

我帶他到客廳，他兒子就躺在裡頭。我離開，讓他自己待著。幾個小男孩已爬上台階，正往玄關裡探頭探腦，我告訴他們來的人是誰，他們才心不甘情不願走了。

過一會兒，蓋茲先生開門走了出來，嘴巴微開，臉上有些發紅，眼裡斷斷續續流下幾滴淚，到他這個年紀，死亡已不再是使人駭然驚詫的事。這會兒他才真正打量起四周，瞧見了走廊挑高而華麗的設計，以及走廊兩邊一間間的大房間，大房間又通往更多房間，他的哀慟中於是開始摻雜一些敬畏和引以為榮的情緒。我扶他到樓上的一間臥房休息，他一邊脫大衣和背心，我一邊跟他說，我為了等他來，已經把所有安排都延後了。

「因為我不知道您希望怎麼安排，蓋茲比先生——」

「我姓蓋茲。」

「——蓋茲先生，我在想您會不會想把遺體運回西部？」

他搖搖頭。

「小傑一向比較喜歡東部，他也是到東部才有了今天的地位。你是我兒子的朋友嗎——你說你姓什麼來著？」

「我們是很要好的朋友。」

「你知道嗎，他的前途應該是一片光明的，他只是個小伙子，但是他這個頭腦呀非常的好。」

他摸摸自己的頭，一副十分了不起的樣子，我點點頭。

「如果他沒死，一定會變成了不起的人，跟傑姆士．希爾一樣，會對國家有很大的貢獻。」

「沒錯。」我回答得不是很自在。

他笨手笨腳弄著床上的繡花床罩，試圖把床罩拉下來，然後動作僵硬地躺下，接著立刻就睡著了。

那天晚上，有個人打電話來，他聲音聽起來明顯十分惶恐，還先問了我是誰之後，才說出他自己的名字。

我說：「我是卡洛威。」

他聽起來鬆了一口氣，「喔！我是克力卜史普林格。」

我也鬆了口氣，因為這似乎代表蓋茲比的喪禮又多了一位朋友來參加。我不想登報，以免招來一大群觀光團，所以這幾天我一直親自打電話邀人，想找到這些人不大容易。

我說：「喪禮是明天，三點鐘，就在他家這兒，如果你知道有誰也想來，能不能請你也轉達一下。」

他忙不迭說：「喔，好，我八成不會遇到誰，不過遇到的話我會說的。」

他說話的語氣使我懷疑起來。

「你會來參加沒錯吧。」

「呃，我當然會盡量，我打來是想——」

我打斷他的話：「等一下，你應該會來吧？」

「呃，老實說——說實話，我現在和一些朋友在格林威治這裡，他們希望我明天待在這裡，老實說，明天我們會有一個野餐聚會之類的活動；當然，我也會盡量看看能不能抽身。」

我毫不隱忍地噴出「哼！」的一聲，他想必聽見了，便十分緊張地說：

「我打來是想問我留在那裡的一雙鞋，不知道能不能麻煩您請管家幫我送來呢，是這樣的，那雙是網球鞋，我簡直不能沒有那雙鞋，我現在住在一個人家裡，他的名字叫畢艾弗——」

那人的全名我沒聽見，因為我旋即把電話掛了。

在那之後，我便替蓋茲比感到有些羞辱，後來我致電的其中一位先生甚至暗示蓋茲比是罪有應得，但總之是我的錯，因為那人以前正是會在喝蓋茲比的酒壯膽後，惡狠狠譏諷他的賓客之一，我早該想清楚別打給他。

喪禮那天早上，我親自北上到紐約市找梅爾．渥夫斯罕，因為我用了各種方法似乎都沒辦法聯絡到他。經電梯小弟指點，我推開一道上頭標著「卍記控股公司」的門，起初裡頭看起來好像一個人也沒有，我大喊了幾次「有人在嗎」都沒人回應，但接著隔板後突然傳出一陣爭執聲，不久裡頭一道門中便出現一位美麗的猶太女人，她一雙黑眼睛帶著敵意打量我。

她開口說：「這裡沒人，渥夫斯罕先生去芝加哥了。」

她說的話至少第一句就不是真話，因為裡頭明明有人正用口哨吹著不成調的《玫瑰經》。

「麻煩說是卡洛威先生想找他。」

「他人到芝加哥去了，我怎麼找？」

此時門後有個人喊了聲「史黛拉！」那聲音一聽就知道是渥夫斯罕。

女人很快說：「把你的名字留在桌上，等他回來我再交給他。」

「可是我知道他就在裡面。」

她朝我走近一步，開始忿忿然用雙手上下撫著臀部。

她大斥：「你們這些小伙子以為隨時想進來就能硬闖嗎？我們真的受夠了，我說他在芝加哥，他就是在芝加哥。」

我提了蓋茲比的名字。

「噢——！」她又重新打量了我一次，「你可不可以先——你說你叫什麼名字？」

她的身影隨即消失。不一會兒，梅爾．渥夫斯罕便出現在門口，他神態嚴肅，朝我伸出雙手，他把我拉進辦公室，用充滿敬意的語氣說，這對我們所有人而言都是很悲傷的時刻，接著拿給我一支雪茄。

他說：「我想起第一次遇到他的時候，一個剛退伍的年輕少校，身上別滿戰爭時得到的獎章，他那時候手頭很緊，只能一直穿著軍服，因為他沒錢買便服。我第一次看到他，是他走進四十三街懷布瑞納的撞球間，說想找工作，那時候他已經餓好幾天了，我就縮（說）：『你跟我一起吃午餐吧。』結果他半小時就吃了超過四塊美金的東西。」

「是你幫忙他開創事業的嗎？」我問。

「幫忙！他完全是我一手提拔的啊。」

「噢。」

「他本來什麼都不是，在下層社會，是我把他提拔起來的。我那時一眼就看出他是個一表人才、風度翩翩的小伙子，他跟我說他是讀牛津的，我就知道這個人我可以用。我叫他去參加美國退伍軍人協會，他也做到很高的位子；他馬上就幫我一個客戶北上到阿爾巴尼辦了一件事。我們什麼事都一塊做。」他伸出兩隻肥短的手指，「無時無刻都在一起。」

我心想，不知他倆的合作關係是否包含一九一九年世界大賽那一票。過了片晌，我開口說：「現在他死了，你是他最親近的朋友，我相信你下午一定會來參加他的喪禮。」

「我很想去啊。」

「那就來吧。」

他的鼻毛微微顫抖，他搖搖頭，眼眶裡淚水滿盈。

「我沒辦法去——我不能牽扯進去。」他說。

「不會牽扯什麼的，一切都結束了。」

「只要一個人是被殺的，我就不想牽扯進去，我會保持距離。我年輕的時候不是這樣，年輕的時候，如果哪個朋友死了，不管是怎麼死的，我一定陪他們走完最後一程，你可能會覺得這樣很濫情，但是我說真的，以前我會陪他們走到最後。」

我看得出來，他基於某種原因，是真的下定決心不會去參加了，我於是站起身。

「你是大學畢業的嗎？」他突然問。

一時之間，我以為他又要幫我「棗（找）關係」了，但他只是點了點頭，和我握手。

他說：「我們盡量在朋友活著還沒死的時候就對他好吧，一旦人死了，我個人的規矩就是什麼都別管了。」

我離開渥夫斯罕的辦公室時，天色已陰沉下來，我在一陣細雨中回到西卵。我換了衣服之後到隔壁去，發現蓋茲先生正在走廊上興奮走來走去，對於自己的兒子及兒子所擁有的財物，他心裡的光榮感與時俱增，而且這會兒他拿出一樣東西要讓我看。

「這張照片是小傑寄給我的。」他用顫抖的手指頭取出皮夾，「你看。」

那是這棟房子的照片，邊角都破損了，還有許多人的手留下的污跡。他殷切指著每個細節給我看，不時說「你看！」接著便期盼看到我讚賞的眼神，他經常展示這張照片給別人看，我想這張照片對他來說，或許已經比實際的房子更真實了。

「這是小傑寄給我的，我覺得這張照片很漂亮，拍得很好。」

「很好啊，你們最近見過面嗎？」

「他兩年前去看過我，買了一棟房子給我，我現在住那裡。是啦，他離開家裡的時候我們是鬧翻了，可是現在我了解他為什麼要離開家裡了，他知道自己有很好的前途等在前面，而且自從他發達以後，就對我很大方。」

他似乎不大願意放下那張照，拖延著把照片繼續晾在我眼前好一會兒，接著他把皮夾收好，又從口袋裡抽出一本破舊的書，書名叫《霍帕朗．卡西迪》[1]。

「噯，你看，這是他十幾歲時在看的書，你一看就知道了。」

他掀開封底，然後把書轉過來讓我看，只見最後一張扉頁上用印刷體寫著「每日計畫」，以及一個日期「一九〇六年九月十二日」，而下面寫的是：

| | |
|---|---|
| 上午6:00 | 起床 |
| 上午6:15 – 6:30 | 啞鈴運動、爬牆練習 |
| 上午7:15 – 8:15 | 研究電力等知識 |
| 上午8:30 – 4:30 | 工作 |
| 下午4:30 – 5:00 | 棒球等運動 |
| 下午5:00 – 6:00 | 培養沉穩[2]和話術 |
| 下午7:00 – 9:00 | 研究有用的新發明 |

目標

不到雪福特和〔另一個店名，字跡難以辨認〕

不再抽菸、嚼菸

兩天洗一次澡

每週看一本有益的書或刊物

每週存五塊〔劃掉〕三塊美金

對父母好一點

這位老先生說：「這本書是我不小心發現的，他的個性你一看就知道，對吧？」

1 《霍帕朗．卡西迪》（Hopalong Cassidy）系列故事於一九〇四年首度問世，作者為克萊倫斯．莫福德（Clarence E. Mulford），是廣受歡迎的通俗牛仔故事。

2 《培養沉穩》（Poise: How to Attain It）亦是一九一六年出版的書，作者為斯塔克（D. Starke）。

「是，一看就知道。」

他又說：「小傑是注定要成功的，他總是有很多像這樣的決心。你有沒有發現，他很注重做有益思考的事？他從以前就一直這麼優秀。有一次他跟我說，我吃東西的樣子像豬一樣，我還揍了他一頓。」

他遲遲不肯把那本書闔上，還把上頭的計畫逐條唸了一遍，然後眼巴巴望著我，我想他大概很希望我能全抄下來身體力行。

到了快三點時，法拉盛路德教會的牧師到了，我開始不由自主頻頻往窗外張望，想看看有沒有其他車子開來，蓋茲比的父親也一樣。時間點滴流逝，僕役都進門等在玄關裡了，蓋茲比的父親開始不停焦急眨眼，他說起外頭的雨勢，一副擔心、沒把握的模樣。牧師頻頻看錶，我便把他帶到一旁，請他再等我們半個鐘頭。但是沒用，連一個人都沒來。

†

到了大約五點，我們一行人開了三輛車到墓地，陰雨濛濛，我們在大門邊停了車——第一輛是靈車，黑漆漆濕淋淋的，看上去煞是可怕，第二台是我、蓋茲先生和牧師搭的大轎車，四、五個僕役和西卵的郵差開著蓋茲比的旅行車跟在後頭。所有人身上都濕透了。我們進門準備朝墓地走去，這時我聽到有輛車停了下來，接著又聽見有人嘩啦嘩啦踩著地上的水追過來的腳步聲，我轉頭張望，原來是三個月前那位在閱覽室裡對蓋茲比藏書驚歎不已的貓頭鷹眼先生。

那晚之後我便再也沒見過他，我不曉得他是如何得知喪禮消息的，甚至連他的尊姓大名都不知道。雨水從他厚厚的鏡片上淌落，他們把保護用的帆布從蓋茲比墳裡掀開時，貓頭鷹眼先生還把眼鏡摘下抹一抹，好看得清楚些。

這時我試著回想蓋茲比這個人，試了好一會兒，但他已經顯得太遙遠了，而我滿腦子只記得黛西連一張卡片、一朵花也沒送，但我並沒有怨懟，我隱約聽見一個聲音喃喃低語：「受雨水淋的亡者是有福的。」接著貓頭鷹眼先生以無畏的聲音說：「阿門！」

我們在雨中三三兩兩走著，迅速往停車的地方移動。走到大門時，貓頭鷹眼開口和我說話。

「剛才我來不及趕去他家。」他說。

「也沒別的人到。」

「是嗎？」他嚇了一跳，「哎呀，老天啊！以前去他家裡的動不動就有幾百人。」

他又把眼鏡摘下來抹了抹，鏡片裡外都抹。

「那臭小子真夠可憐了。」他說。

我這輩子印象極鮮明的回憶，便是從前就讀私立中學和大學時，在聖誕節前夕回西部老家的情景。在那十二月天的晚上六點鐘，火車到了芝加哥，一些還得繼續往西的同學們，往往會在那老舊昏暗的聯合車站停留一下，和幾個芝加哥的朋友倉促地聚一聚，而這些住在芝加哥的同學老早沉浸在佳節的歡快氣氛裡了。我仍記得那些剛從某某小姐家走出來的女孩子身上穿的毛皮大衣。大夥兒嘴裡呼出白霧，你一言我一句地閒扯，一眼瞥見哪個舊識，便把手高舉到頭頂猛揮。大家會比對彼此受邀參加的聚會——「你會去渥德威家嗎？」「你會去賀希家嗎？」「你會去舒茲家嗎？」所有人戴著手套的手裡，都緊緊揣著一張細長的綠色車票，而門邊鐵軌上那一節節芝加哥、密爾瓦基、聖保羅鐵路公司的濁黃列車，看上去都像聖誕節本身一樣快活。

接著我們便駛入隆冬的夜色中，兩旁延展出一片真正的雪景，那是我們西部的雪。雪色在車窗外粼粼閃爍，威斯康辛州那些小車站的昏黃燈光掠過眼前，空氣驀然變得冷冽而原始，沁人心脾；我們用完晚餐，走過車廂之間寒冷的連廊時，便大口深呼吸，吸幾口這樣的空氣，在那奇異的一個鐘頭裡，我們會難以言喻地意識到自己對這塊土地的歸屬感，隨後便再度消融其中，成為無從分辨的一部分。

這便是我心中的中西部，不是小麥遍野的景象，不是北美大草原，也不是那些已不復見的瑞典移民城鎮，而是年少時激動人心的返鄉車程，還有寒霜暗夜中的街燈和雪橇鈴，以及窗內燈火通明，把聖誕花圈的影子投在外面雪地上的景象。我便是這中西部的一部分，帶著一點此地漫漫長冬的肅穆性格，帶著一點出身卡洛威家族的沾沾自滿；數十年來，此地家家戶戶所住的宅邸仍給冠上各家姓氏。現在我已然明白，這個故事其實講的是美國西部——湯姆、蓋茲比、黛西、卓丹，還有我，我們全是西部人，或許我們都擁有一些共同的缺陷，因此隱隱地無法完全融入東部的生活。

即便是在東部最令我心花怒放的日子裡，即便是我最深刻感覺東部勝於西部的時候，儘管我深知俄亥俄州以西的那些城鎮是如何無趣、蔓生而臃腫，儘管我明白西部居民道人長短的習性，除了小孩子和垂垂老矣的長者，其餘的人一概逃不過他人議論——即便在那時，東部也給我一種扭曲的感覺。至今，每當我做起怪夢，西卵總仍是夢裡的要角。西卵在我的夢裡是艾爾．葛雷柯畫的一幅夜景：一百棟房子，看上去既傳統又古怪，蹲伏在陰沉的蒼穹和黯淡的月亮下，而畫的前景則是四個不苟言笑的男人，身穿禮服走在人行道上，他們扛著擔架，上頭躺了一個酩酊大醉的女人，她身上穿著雪白的晚禮服，一隻手垂下來晃著，手上戴的珠寶飾品閃動著冷冽的光芒；男人們肅穆地拐進一座宅邸——其實他們走錯了，但沒人知道那女人姓什麼叫什麼，也沒人在乎。

蓋茲比死後，我眼中的東部便是這般鬼影幢幢，任我看待人事的目光再怎麼清明，也無法將之扭正。因此當枯脆的落葉在空氣中焚成縷縷藍煙、寒風開始將曬衣繩上的衣服吹得乾硬時，我便決定啟程返鄉了。

臨走前我還有件尷尬棘手的事情得辦，這事或許不搭理反而好，但我想走得俐落，不想指望那熱忱而冷漠的大海來替我把棄而不顧的人事沖刷乾淨。我去見了卓丹．貝克，把我們這群人發生的事全說清楚，也講了我之後經歷的事；她躺在一張大椅子上聽，從頭到尾一動也不動。

那天她穿著要去打高爾夫球的衣服，我還記得當時感覺她看上去像是一幅精美的插畫，下巴瀟灑地微微抬起，頭髮是秋葉的色澤，臉蛋和擱在膝上的露指手套一樣略呈棕褐。我說完以後，她什麼也沒表示，只說她已經和另一個人訂婚了。儘管她的確只要一個點頭，就會有好幾位男士樂意娶她，但我仍不大相信她說的是真話；不過我還是裝出一副驚訝的樣子。有那麼一下子，我懷疑自己是否鑄下了大錯，但我接著很快把事情從頭到尾想過一遍，便起身向她道別了。

這時卓丹突然開口：「不過，的確是你拋棄我的，你用一通電話就把我給拋棄了，我現在根本不在意你了，但當時那對我來說確實是從來沒有過的經驗，我著實頭暈目眩了一陣子。」

我倆握了握手。

然後她又說：「噢，還有你記得嗎，有次我們談到開車的事情？」

「哎呦，有點忘了。」

「你說一個開車技術不好的人要是遇到另一個開車技術不好的人，那就危險了，記得嗎？我說，我這就是遇到另一個開車技術不好的人了，是吧？我的意思是，我那樣瞎猜也算是自己沒仔細注意，我以為你這人應該挺正直、挺直接的，我還以為你只是一時拉不下臉。」

「我已經三十歲了。」我說。「換做是五年前，我可能會騙自己繼續下去才算是正直，但現在我不會那樣了。」

她沒回話。我便帶著怒氣，也帶著一點殘存的愛意以及滿懷的遺憾，轉身離去。

十月下旬的一個午後，我見到了湯姆．布坎南。當時我在第五大道上，他就走在我前面，姿態仍是一貫的機警蠻橫，雙手離身體有些距離，像是要擺平所有阻礙似的，一顆頭則不停轉來轉去，以配合他躁動不安的目光。我把速度放慢，就怕遇上他，但此時他正好停下腳步，皺眉凝視身旁珠寶店的櫥窗，接著他便突然看見我，隨即掉頭走回來，朝我伸出一隻手。

「怎麼回事啊，尼克？你不肯和我握手嗎？」

「對，我對你的評價你很清楚。」

他立刻回道：「你瘋了，尼克，你他媽的瘋啦，真不知道你怎麼了。」

我問他：「湯姆，你那天下午跟韋爾森說了什麼？」

他盯著我，不發一語，我便明白那天韋爾森失蹤的三小時發生了什麼事，我猜對了。我掉頭想走，但湯姆一個箭步追上來，抓住我的胳臂。

他說：「我跟他說的是實話。那個時候我們準備要走了，他找上門來，我叫人跟他說我們不在家，他還想硬闖上來；他已經瘋了，如果我沒告訴他那輛車是誰的，他準會殺了我，他進門之後，手就一直抓著口袋裡的左輪手槍沒放開過——」

接著湯姆突然忿忿厲聲說道：「我告訴他又怎樣？那傢伙是自找的，你給他騙得暈頭轉向，跟黛西一樣，不過他也確實夠厲害。他把梅朵像狗一樣碾過去，車子連停都沒停下來。」

我無話可說，只想告訴他實話，也就是事實並非如此，但這話我卻不能說。

「而且你別以為我就完全沒受苦，噯，我去把那間公寓退租的時候，看到那盒該死的狗餅乾還放在邊櫃上，我整個人坐下去，哭得像小孩子似的，老天，這實在太慘——」

我沒辦法原諒他，也沒辦法喜歡他這個人，但我明白了他認為自己的所作所為是完全合情合理。一切都太漫不經心、太糊塗了，他們都是漫不經心的人，湯姆和黛西——他們把事情和人攪和得稀巴爛之後，便又縮進他們的錢堆裡，或者是他們那冷漠、漫不經心的狀態裡，總之就是某種將他倆牽引在一起的力量，然後便把爛攤子丟給別人收拾。

我和湯姆握了手，不握的話似乎太愚蠢了，因為我突然感覺像在跟小孩子說話似的。接著他便走進那家珠寶店買珍珠項鍊，或者只是買一對袖釦吧，就此把我這鄉下人的拘謹永遠甩開了。

我離開時，蓋茲比的房子仍是空著的，那時他草坪上的草已和我家的長得一般長了。西卵有位計程車司機每回開過蓋茲比家大門，就要停下來朝裡頭指點一番；或許事發那晚，黛西和蓋茲比正是搭他的車回東卵吧，也或許他已經自己編出整套故事了。我不想聽他說那個故事，因此每天下火車後總刻意不坐他的車。

我週六晚上總待在紐約市，因為蓋茲比那些使人目眩神迷的宴會仍在我的腦海中活靈活現，我會聽見他花園那兒不斷傳來隱約的樂音和笑語，以及汽車在他車道上開進開出的聲音。有天夜裡，我真的聽見貨真價實的汽車的聲音，還看到車燈打在他家屋前的台階上，但我沒去探個究竟，或許是某位最後的賓客，先前跑到海角天邊，還不曉得這盛宴已曲終人散了吧。

最後一晚，我的行李已收拾妥當，車子也轉賣給食品雜貨行了。我最後一次走過去，看著那棟巨大突兀、已然破敗的屋宇。白色的台階上，不知是哪個小孩子用磚塊寫了髒話，在月光下特別顯眼，我用鞋底在石階上來回抹，把字給擦掉。接著我便漫步到海邊，伸開四肢躺在沙灘上。

到了這時節，沿海的度假飯店差不多都關了，附近幾乎沒什麼燈光，唯獨海峽對岸有艘渡船，散發著一點陰暗、移動著的光芒。月亮冉冉升起，底下無關緊要的房舍開始消融散去，我逐漸察覺到這裡的一座古老島嶼，這島曾在荷蘭水手的眼中綻放——它是一個新世界的碧綠乳房。那些消失的林木，那些替蓋茲比的華屋開疆闢地的林木，亦曾低語迎合人類最後也是最偉大的夢想；必定有那麼一個轉瞬即逝的魔幻片刻，人們曾望著眼前這片大陸，忍不住屏息，不由自主陷入了美的沉思，那是他們不解也不求的思緒；那是人類有史以來最後一次見到令他們滿懷讚嘆的事物。

我坐著，鬱鬱懷想那古老未知的世界，同時想起蓋茲比第一次見到黛西家船塢上那盞綠燈時，他心中湧起的驚嘆。他費盡千辛萬苦才踏上這片藍色的草坪，那時他必定感覺自己的夢終於近在咫尺，幾乎是伸手可得了。他不曉得那個夢早已在他背後，在這座城市以外那片遼闊隱晦的土地上，在這個國家綿延於夜空下的黝黑田野之間。

蓋茲比信仰那盞綠燈，那綠燈正像高潮歡快的未來，在我們眼前一年年退去。它現在躲開了我們，但沒關係——明天我們會跑得更快，把手臂伸得更長……總會有那麼一個清朗的早晨——

我們便這樣揚著船帆迂迴前進，逆水行舟，而浪潮奔流不歇，又不停將我們推向過去。

費茲傑羅

*F. Scott Fitzgerald*

**一八九六年**　九月二十四日，法蘭西斯・史考特・凱・費茲傑羅（Francis Scott Key Fitzgerald）誕生於美國明尼蘇達州聖保羅市的中產階級家庭，他的名字來自於費茲傑羅家族中最有名的祖先——寫出美國國歌歌詞的法蘭西斯・史考特・凱。後來朋友大多暱稱他為史考特。

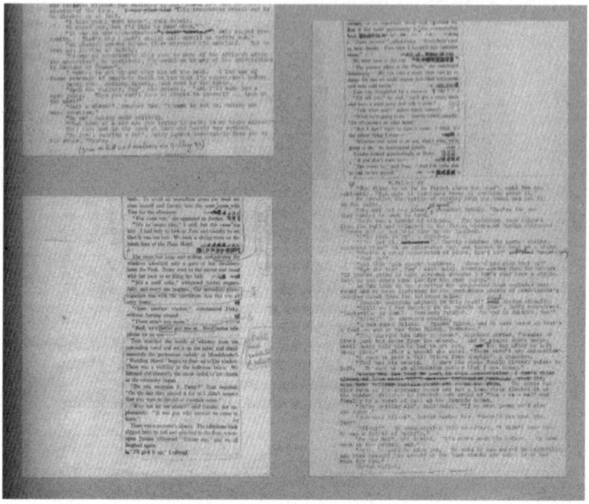

《大亨小傳》中，廣場飯店場景的長條校樣。由此可以看出費茲傑羅一向習慣大量修改，直到最後一刻。《大亨小傳》一書的原始手稿現在收藏於費茲傑羅的母校——普林斯頓大學的燧石圖書館。

---

**一八九八年**　費茲傑羅的父親在寶僑家品公司任職，於是全家跟隨父親在紐約雪城和水牛城之間居住。父母為他安排帶有貴族氣氛的教育環境，而他在學校中展現了過人的聰明以及對於文學的喜好。

**一九〇六年**　全家搬遷回到聖保羅市。

**一九〇八年**　費茲傑羅進入聖保羅學院就讀，在校期間撰寫了他第一部文學創作，是一篇偵探故事，在校內的刊物上發表。後因為荒廢課業，遭到學校退學。

**一九一一年**　進入紐澤西州的大學預備學院「紐曼學院」就讀。

**一九一三年**　進入普林斯頓大學就讀。此時的費茲傑羅身高五呎七吋（一百七十公分），體重一百三十八磅（六十二公斤），不過他仍然想進入足球隊。後來加入以音樂劇巡演為主軸的「三角社」。

費茲傑羅在寧靜居的書房。寧靜居（La Paix）位於馬里蘭州陶森，潔達在療養院休養期間，費茲傑羅就住在這裡，《夜未央》有很大部份都在這裡完成。費茲傑羅永遠記得坐在書桌前，「和我的病貓單獨坐在褪色的藍色房間裡，光禿的二月樹枝在窗前搖擺，書桌的紙鎮上寫著『生意鼎盛』，真是諷刺極了……」

**一九一四年**　在校內的功課表現相當糟糕，喪失了跟隨「三角社」前去巡迴演出的資格。此時歐戰爆發。

**一九一五年**　他的功課持續退步。此時他獲選擔任「三角社」的秘書長一職，並可望在大四那年接任社長。不過在這一年間，他又有三科的成績不及格，補考之後依舊未達標準，再度喪失隨同「三角社」出外巡演的資格。同年底，他已確定即將遭受退學命運，於是決定離開學校。

**一九一六年**　重回普林斯頓大學，從大三讀起。他在普林斯頓的文壇裡結識了幾位後來成為文壇巨擘的名人如艾得蒙・威爾森，以及詩人約翰・畢夏普等人。他也開始大量寫作，完成了《塵世樂園》的第一個版本，其中一個角色，就是以約翰・畢夏普為本。他將小說投稿到史快伯納出版社（Scribner's），遭到退稿。

**一九一七年**　四月間，美國對德宣戰，正式加入第一次世界大戰。十月間，費茲傑羅再度離開普林

1921年，費茲傑羅和潔達新婚不久，在照相館拍攝的照片。

1922年2月的《浮華世界》選出新世代傑出青年作家，費茲傑羅也名列其中。（中央下圖）

---

斯頓大學，投效美國陸軍，官拜少尉。期間將《塵世樂園》修改重寫，但依然遭到退稿。

**一九一八年**　費茲傑羅駐守在阿拉巴馬州時，在一場舞會上結識了高中剛畢業的潔達・沙耶。費茲傑羅對她一見傾心，兩人相戀，但感情發展並不順遂。十一月間，第一次世界大戰結束。

**一九一九年**　費茲傑羅退伍後在紐約找工作，與潔達不斷爭吵，兩人宣告解除婚約。他回到老家聖保羅。

**一九二〇年**　三月二十六日，《塵世樂園》終於獲得出版，成為當年最暢銷的小說，費茲傑羅成為紐約名人，同時也挽回潔達芳心，兩人於四月結婚。

**一九二一年**　費茲傑羅與潔達唯一的女兒法蘭西絲・費茲傑羅誕生。費茲傑羅此時進入創作的高峰期，作品數量大增。

**一九二二年**　三月間，《美麗與毀滅》出版，這

費茲傑羅在巴爾的摩公園大道 1307 號。費茲傑羅一家在 1933 年底搬出寧靜居後，就搬到這棟房子居住。這樣的照片中已經看得出費茲傑羅擔憂和沮喪的程度。

是他的第二本小說，描述一對名流夫婦迷失於物質世界，最後導致悲劇的故事。一般認為這是作者影射自己生活的寫照。六月間，費茲傑羅開始構思《大亨小傳》的故事，並且感受到自己體內有一股力量，持續推動著他寫作這個故事。接著，《爵士年代的故事》於九月間出版。費茲傑羅一家搬到紐約的長島。

**一九二三年**　費茲傑羅埋首撰寫劇本《蔬菜》，但首演後口碑不佳。他開始大量撰寫暢銷的短篇小說，以維持家中開銷。

**一九二四年**　費茲傑羅一家前往法國，住在蔚藍海岸，並在此認識許多美國文人如海明威。九月間，潔達和一位法國飛行員談起戀愛。

**一九二五年**　四月十日，《大亨小傳》出版，文壇及媒體一致叫好，海明威甚至打趣說他要趕快加強他和費茲傑羅的關係，不過銷售成績不佳。五月間，費茲傑羅夫婦前去巴黎，度過了「有一千個派對但是沒有工作」的夏季。

費茲傑羅設於阿拉花園（Garden of Allah）外，1937年他搬到好萊塢，希望在電影圈大展身手，不過酗酒問題的陰影仍然揮之不去，也影響他的創作。

---

**一九二六年**　《大亨小傳》改編成舞台劇，在紐約上演，大獲成功。這年年底他回到美國。

**一九二七年**　費茲傑羅開始往好萊塢找工作，撰寫劇本，不過成績平平。

**一九二八年**　潔達開始學習芭蕾舞。海明威是費茲傑羅的好朋友，但始終對潔達有意見，認為她使得費茲傑羅分心，無法專心創作，而海明威也不贊成費茲傑羅大量賣出自己的短篇故事給雜誌或好萊塢使用。

**一九三〇年**　潔達的舞蹈生涯非常不順利，四月間她精神崩潰，在瑞士接受治療。

**一九三一年**　潔達病情好轉，一家人回到美國，潔達回到娘家休養，費茲傑羅則繼續在好萊塢工作，為凱薩琳．布洛許的《紅髮女郎》寫劇本。

**一九三二年**　潔達父親過世，讓她的精神狀況再度惡化，住進馬里蘭州的療養院，費茲傑羅搬到附

史考特和潔達・費茲傑羅的墓碑，兩人合葬於馬里蘭州洛克維爾聯合墓園。

---

近的寧靜居。

**一九三三年**　費茲傑羅完成了《夜未央》。故事敘述一位醫生，愛上了有精神病的千金富家女，將她的病治好之後，卻遭到她拋棄。潔達的病情和費茲傑羅的酗酒問題成了這對夫妻最大的障礙。

**一九三四年**　潔達再度精神崩潰，此後身體狀況再也沒有完全康復過。費茲傑羅的經濟狀況也陷入絕境，他的酗酒問題更加惡化。

**一九三五年**　短篇小說集《號音》出版，費茲傑羅嘗試要遠離讓他沉溺酒精的環境，但問題依然得不到解決。

**一九三六年**　文集《崩潰》出版，這是他描繪自己處境的作品，他私底下說：「我對任何人任何事都無所謂。」

**一九三七年**　費茲傑羅再度力圖振作，狀況一度好轉，這時的他主要工作都在好萊塢擔任編劇，這

派拉蒙影業於1949年將《大亨小傳》搬上大銀幕，由亞倫・賴德（Alan Ladd）飾演蓋茲比。這張劇照是布坎南家的晚宴派對，貝蒂・費爾德（Betty Field）飾演的黛西與露絲・赫西（Ruth Hussey）飾演的卓丹躺臥在客廳沙發上。

---

一年他遇見紅粉知己席拉・葛拉漢，他最後的作品《最後一個影壇大亨》中的女主角，即以她為形象。

**一九三八年**　劇本《三個同志》經過好萊塢的製片強行大肆更動之後問世，費茲傑羅非常不悅，開始對好萊塢的環境失去信心。

**一九三九年**　離開好萊塢的電影生涯，除了為雜誌寫短篇小說之外，也開始動筆寫《最後一個影壇大亨》。

**一九四〇年**　開始重寫《最後一個影壇大亨》，此時他第一次心臟病發作，之後便趕著將小說完成，但仍然在十二月二十一日心臟病發去世，這時他的小說只完成了六章。

**一九四八年**　潔達因療養院失火意外而去世，和費茲傑羅合葬在馬里蘭州的洛克維爾聯合墓園。